Detaljerna

唯余细节

[瑞典] 伊娅·根伯格 著
王梦达 译

南海出版公司

新经典文化股份有限公司
www.readinglife.com
出 品

目 录
Contents

1 / 约翰娜
Johanna

妮基 / *35*
Niki

93 / 亚历杭德罗
Alejandro

比尔吉特 / *135*
Birgitte

One

约翰娜

Johanna

病毒在我体内蛰伏了几天后,我发起高烧,随即涌起一股迫切的冲动:重温那本小说。直到窝在床上,翻开书的那一瞬间,我才恍然明白原因。扉页上是几行蓝色圆珠笔的题词,字迹无可挑剔:

1996年5月29日

早日康复。

还记得水手结咖啡馆的招牌可丽饼和苹果酒吗?

等你一起重温。

吻(你的唇),

约翰娜

那次是因为疟疾。那是在发病之前的几周，我在塞伦盖蒂①边上露营时被一只东非蚊子传染上的，一回到家我就病倒了。我住进了胡迪克斯瓦尔②医院，检查结果没一项达标，着实让所有人费解；最后好不容易确定了病因，医生们排着队过来参观我这个正被异域病痛折磨的女人。一团火在我的额上熊熊燃烧，住院的那段日子，每天早上天蒙蒙亮，我就会被自己沉重的呼吸声吵醒，随之而来的是前所未有的头痛。东非之行一结束，我本该直接赶往海尔辛兰③，探望弥留之际的祖父，结果自己却先病倒了，差点丢了性命。我在医院住了一个多星期。当约翰娜送来这本小说时，我整个人正蜷缩在我们位于海格斯滕④的公寓卧室里。在此之前，他们先派

---

① 坦桑尼亚西北部至肯尼亚西南部的地区。——本书注释若无特殊说明，均为编者注。
② 瑞典耶夫勒堡省的一座城市。
③ 属瑞典诺尔兰区，位于瑞典中部。
④ 瑞典首都斯德哥尔摩南部的城区。

了救护车送我去乌普萨拉①做了肝脏活检。检查结果我已经记不清了。关于那个夏天的回忆很模糊,但我永远不会忘记我们的公寓,那本书,还有她。在高烧和头痛之中,小说渐渐消失,与它们融为一体,而在这团混沌深处,隐藏着通往当下的线索——一条被高热和恐惧所激发出的情感脉络,在这个午后驱使着我去书架上找到那本特定的小说。无情的高烧和头痛,脑中浮现的纷杂念头,汹涌而来的痛苦和折磨——我从过去的经验中认出熟悉的场景,床边地板上放着几盒聊以安慰的止痛药,几瓶根本无法解渴的气泡水。只要一闭上眼睛,画面就开始滚动播放:干旱沙漠中的马蹄,充斥着无声幽灵的潮湿地下室,没有形状、失去边界的身体,冲我尖叫的元音字母——我童年时代起的全部噩梦,只不过现在多了死亡的泡沫和疾病掌控下的毁灭。

文学是我和约翰娜最喜爱的游戏:从作者、主题、时代、地区和代表作,到古代、现当代和各种

---

① 瑞典中部城市,位于斯德哥尔摩北面。

类型的作品，我们开阔了彼此的眼界。虽然品味相似，但我们在看法上存在相当多的分歧，对话因此变得格外有趣。对一些作品，我们意见相左（欧茨、布考斯基）；对一些作品，我们不为所动（戈迪默、奇幻小说）；还有些作品，我们都爱不释手（克拉斯·奥斯特格伦、埃温特·约翰逊的"克里隆三部曲"、莱辛）。我可以根据她的阅读速度判断出她对书的整体感觉。如果她读得飞快（昆德拉、所有的犯罪小说），说明她已经无聊至极，急着收尾；如果她读得奇慢（《铁皮鼓》、所有的科幻小说），说明她同样无聊至极，但仍勉强自己看下去。只要打开一本书，她就一定要读完，她将此视作义务，和修完课程、写完论文、做完项目一样的义务。在她内心有一种根深蒂固的顺从，无论手头的任务看来有多么无望，她都会心存敬畏。我猜这源于她的家教，源于她那拥有旺盛创造力和百折不挠的奉献精神的父母。在她看来，有始有终的承诺能使自己毫无负担地走向未来，这是保持她所谓"崭新的开始"的方式。在约翰娜的世界里，生活只有一个方向：前进，一直前进。而这成了我们的不同之处：我几乎从没有完成过任何重大项目。在便利店打了一年工后，我注册了大学里的多门课程，但在以更严肃的态度开始写作之前，我要么半途而废、要么无限期拖延。甚至到后来，在决定成为一名全职作家后，我仍没能沿着自己设定的道路走下去，而是整日在阿斯普登、梅拉伦高地、米索马克兰森、阿克寒尔山①一带闲逛。在那个年代，斯德哥尔摩城郊仍保留着一定程度的脏乱感：摩托车俱乐部、文身工作室以及附带美黑服务的地下影碟店随处可见。地铁站阴冷潮湿，各色人等比邻而居：拎着公文包赶去上班的白领；在工业区租用廉价工作室的艺术家；以毒窝为家，不定期被警察突袭的瘾君子；成天坐在街心广场，喝着啤酒，晒得黝黑的老头。这些人全部住在曲曲绕绕的主街两侧林立的三层楼房内。临街的低矮门店，有的售卖外国香料，有的被改造成有着棕色内饰的小餐馆。我就坐在餐馆的一角，

---

① 以上提到的四个地方均在斯德哥尔摩近郊。

桌上的塑料托盘里摆着吃完的空盘，一边喝着最后一点淡啤酒，一边打量着其他早到的顾客。我的面前常常摆着一本笔记本，搭配一支精心挑选的钢笔，但几乎派不上用场。或许我给人留下专注而认真的印象，但其实不然。我床头柜上的书堆里，总有一两本读着读着就不了了之。我更偏爱有强大吸引力，让人欲罢不能的那种书。对于生活中的绝大多数事情，我都是如此，这也意味着我要承担的责任很少，或许是太少了。老实说，我几乎推卸了所有的责任。站在普遍的立场来看，这绝对无法成为"崭新的开始"。我猜，这种深入骨髓的怠惰，在约翰娜眼里绝对是一种挑战。她的速度和热情多少带动了我，推动事情向前发展。或许这正是她让我在这段关系中产生安全感的地方：她已经在我身上起步，绝不会轻易放弃。她哪里都不会去，她不会允许自己屈服于离开我的冲动。我放松下来，缴械投降。她是那么体贴，那么深情，那么忠诚。像她这样的人，会萌生哪怕丝毫分手的念头吗？不，我想，绝不。

我手中的这本书是《纽约三部曲》。奥斯特：隐晦却灵动，如此简单又极尽曲折，偏执而不失剔透，字里行间自有广阔天空。就这一点而言，我和约翰娜的看法高度一致。几周后，一等高烧退去，我就带着挑刺的心态迫不及待地重读了一遍——说不定这一次，我能看穿其中的文字把戏，或是就此心生厌倦，然而，我始终未能找到任何一处令人不快的瑕疵。没过多久，我读了《月宫》，再一次陶醉其中。无论是对于阅读还是写作，奥斯特始终是我的指南针——即便我已经不再关注他的新书，甚至将他遗忘，也仍然如此。于我而言，他的简洁利落无异于理想的标杆，是他的代名词，然后逐渐挣脱了他的名字，成为独立的存在。一些作品会深入你的骨髓，就算书名和细节都早已湮没在记忆的长河之中。当我终于得到机会到访布鲁克林时，我想都没想就直奔他的住址而去。那是进入千禧年后的头几年，约翰娜早已因为别人离开了我——那场分手决绝而残酷，让人猝不及防。我久久凝视着褐石大楼的入口处——那是保罗·奥斯特和希莉·哈斯特维特①共同生活和写作的地方,彼时的我已经建立起另一段长久的关系,那个男人正和我女儿在附近的咖啡馆吃着松饼。时间的交叠让我在身处公园坡②的同时,仿佛约翰娜就站在我身旁,我可以听到她絮絮地说着有关机会的什么事,一些要到很久以后我才会明白的事,我们可以认为我们一起目睹了顶楼某幅窗帘后窸窸窣窣的动静。

一如我现在的高热,疟疾在我体内设置了某种永恒状态:疾病似乎成了常态。我们曾前去探望她的两个朋友,他们的工作属于"人道主义援助"的范畴,这一概念所涵盖的领域显然相当宽广,我们在他们的公司晃悠了两个星期,仍然没搞明白他们具体的工作内容。其中一个正在为某一机构拍摄在会议上播放的电影——前提是电影顺利杀青,会议如期举行。另一个看起来无所事事,成天扛着一副三脚架跟在后面。他们打算在那里逗留三个月,然

---

① 希莉·哈斯特维特(Siri Hustvedt, 1955—),挪威裔美国作家,保罗·奥斯特第二任妻子。
② 位于纽约市布鲁克林区。

后继续南下。在塞伦盖蒂边露营的那晚,是我们在坦桑尼亚度过的最后一夜,我们睡在同一顶蚊帐里面,可谁都没留意到咬我的那只蚊子。直到在返程的飞机上,我才发现手肘上多出三个奇痒的蚊子包。约翰娜没事。严格说来,我也就烧了两三个星期,顶多四个星期,可感觉上却像是卧床了几个月之久。约翰娜擦拭我的额头,去广场的面包店为我买来点心——小包装的那种,配合我有限的胃口。她说我凸出的髋骨令人担心,但语气中透着掩饰不住的痴迷。她煮了奶油浓汤,用烤炉烤了面包,抹上一层厚实到快陷下去的黄油。对这些食物和礼物,以及写有她的诗意题词的平装书,我都心怀感激。她来自泰比市①的一个优渥的中产阶级家庭,遵循这样的馈赠传统:为特定或不特定的场合准备包装精美的礼物,蝴蝶结下还会塞进漂亮的卡片。哪怕是午餐时随手送出的小东西,也会让收到的人感到一种节日气氛。在她的世界里,礼物不仅仅关乎内容和

---

① 位于斯德哥尔摩省的城市。

包装，还在于惊喜程度、时机掌握，以及对过去和潜在未来的指涉。每一份礼物都是指涉网的一部分，充满暗示，代表着心照不宣的默契。随着时间的推移，礼物的累积渐渐成为我无法偿还的负担。她的礼物数量太多，价格太昂贵，也承载了太多的承诺。她还具有我缺乏的那种审美眼光：她在一家博物馆礼品店里挑到了完美的手表，还在一家行将倒闭的电影院里相中了一只印有电影海报的托盘。这两件东西我都还留着。孩子们曾问过我关于莫妮卡的事，她是谁？谁和她一起度过了黑白色调的夏天？① 那只手表已经不走了，拆了腕带，被丢在洗漱包里，但那真的是我用过的最好的手表。因为她离开得强硬决绝，我扔掉了一些礼物，其他的统统束之高阁，打算在情绪冷静之后再拿出来。这和价值无关：金钱从来都不在讨论话题内。她不像我们其他人一样申请学生贷款（我们第一次相遇是在大学的新闻课上），而是有一张信用卡，直接挂在她父母会定期汇

---

① 此处应指的是英格玛·伯格曼导演的电影《和莫妮卡在一起的夏天》。

款的账户下。而我的情况是十六岁就搬出去住,自己养活自己,大学期间多次休学,每笔额外开支都需要挪用预算中的其他款项。还在一起时,我送出去的那些礼物,除了书之外她还保留了多少,我不知道:袖珍相机,仿丝质睡衣,装裱好的画——作画的那位漫画家一度声名大噪,如今早已被遗忘。我送给她的这些礼物,以及馈赠的行为,都让我有种亏欠的感觉。因为我总会想到它们的价格,还有相形之下少得可怜的数量。对于比较,我向来反应迟钝,现在才突然意识到,金钱和传承的品位究竟意味着什么。我们在一起的时候,它们仿佛生活之下涌动的暗流,属于我们从不会触碰的话题。她赠予的方式或许带着某种暴力,暗含着某种得胜般的优越:她会把一只方形礼盒推到餐桌中央(一条不对称造型的银质吊坠项链),或是在客厅中央留下一个大大的惊喜(配备冰爪的远足冰靴),要么在我的枕头上摆上一本包好的新书(特朗斯特罗姆[①]的《悲

[①] 托马斯·特朗斯特罗姆(Tomas Tranströmer,1931—2015),瑞典诗人、心理学家,2011 年获诺贝尔文学奖。

哀贡多拉》),又或是拎着贡纳森面包店的盒子回家,在我眼前一晃,然后放在我们的茶杯之间。这是她几乎不费吹灰之力就能展现出的一种慷慨,但她知道这也是我永远无法与之匹敌的,因此让她隐隐地占据了上风。当我手头拮据的时候,一定是她负责填满冰箱和食品柜,而她会习惯性地选择市集上的农家奶酪、鲜榨果汁,以及林奈大街专卖店出售的棕色纸袋装的现磨咖啡。在某些时候——或许是关系刚结束的时候——我会自问,这是否就是结构性暴力的表现形式:无意识地向对方灌输礼物的性质、购买的地点以及赠予的方式;教导对方不要满足于最便宜的裤子、蒜蓉酱、电脑或煎锅,就像我过去常做的那样,而是应该选择最好的。直到几年后我才意识到,认为这种交流方式暗含暴力的想法纯粹源于我的想象,被遭人抛弃的经历激发,并于事后在满是怨怼的思绪中成形。约翰娜之所以送我《纽约三部曲》,无非是出于善意的冲动,而她题词中(想要落在我的唇上)的吻一如扉页上蓝色墨水的唇印般真实。

发着烧阅读有一种撞大运的感觉：书里的内容或直接溶解，或渗透至不断升高的体温导致自然开裂的隙缝之中。正因如此，《纽约三部曲》以一种难以言明的方式深深打动我的内心，而这也是为什么我在将近二十五年后的今天，在另一场高烧中将它翻出来。我写道：这次发烧是一种截然不同的体验，尽管每一场高热都如此灼人，同样的噩梦，同样的折磨。在发热的幻觉中，时间细密地自我折叠，我猛然发现，站在身边的正是二十四年前的自己。据说神志的清醒和模糊以三十九摄氏度为界，然而就在下方三十八摄氏度，有一个清晰可辨的深谷，我全然不介意在此度过余生。在深谷中，你会不自觉卸下心防，让来自过往的人鱼贯而入，且并非以幽灵的面貌现身。三十八摄氏度，在这个体温下身体能保持正常的机能和活力，而对于成为敏锐且消息灵通的社会性存在的兴致却在下降。如果你不反对曾经的种种像一群小狗在腿边缠绕徘徊，那么深谷只会带来令人愉悦的慵懒。我记得孩提时代发烧的情景，电子温度计还未面世，测量体温有赖于凡士林的润滑和持久的耐心。母亲仔细观察流动的蓝色汞柱,确认我已知的身体变化:三十八摄氏度。一场令人昏昏欲睡的溶解,横亘于我和世界之间的只剩一堵薄墙。当体温攀升至三十八摄氏度时,我的体内不再发出"前进"的低语。或许敦促和冲动才是这个世界最深刻的本质?前进,唯有前进。

学期结束前,我退出了促使我们结缘的那门课。在约翰娜的鼓舞和激励下,我决定尝试写作,就从我已经构思良久的短篇小说项目入手。确切地说,是一部围绕同个主题展开的短篇集,要是我能多写几篇,它或许能成为一部好作品。我的确取得了部分进展——每个故事都写到了一半或者一半以上,之后我的勇气就开始瓦解。显然,前进的方向只适合那些保持一定速度的人,而我会花好几天的工夫,对那些终会删去的语句进行润色打磨。当然,约翰娜成功拿到了学位,并且通过她交际广泛的父亲在当地电台找到了工作。她每天晚上六七点下班回家,要是我默许的话——通常我也不会反对——她会走到书桌旁边,站在我身后,低头看着屏幕,然后点头微笑。即使屏幕上显示的语句和前一天的基本一致，她也会给予鼓励。在此之前，我从未向别人展示过我的写作，但和她分享的感觉很轻松——或许是因为她会全神贯注地分析我绞尽脑汁写下的一切。我很清楚，落在我嘴唇上的那些吻使她在对于我作品的评估上掺杂了主观因素，但她的善意仍然鼓励着我继续向前。这逐渐演变为一种游戏，她的建议变得具体起来，一如她指向我屏幕的手指。她会说："让他俩最后在一起吧。"或者："她还可以表现得更疯狂一些。"第二天回家时，她总能得偿所愿。事实证明，每一个故事的完成都离不开她，就好像她不仅比我更明白我的写作意图，而且比我更能看清故事的潜在发展和走向。我发现我对写作产生了近似热情的感情，设法为自己的写作建立起某种固定模式，包括每天需要达到的字数等等。通过努力克服困难的确令人快乐，并且我发现当天所付出的辛劳，在之后的第二天，第三天，甚至第四天里都会得到复制。几个星期后，这种写作习惯已经完全取代了之前随机的灵光闪现，尽管它们曾是我写作的主要驱动力，但成果不过是寥寥几页，细看之下甚至只有一两段可取。我重整旗鼓，克服我的畏惧，变得勤奋且更有条理；对约翰娜的赞扬和建议我全盘照收，我再次提笔，写得更好，坚持不懈。曾经频繁困扰我的绝望无助奇迹般地消失了。我置身于约翰娜的房间内，被高效而温暖的怀抱所包裹。她将大量溢美之词堆砌在一起，仿佛远征路上，是她的话使我确信，自己所选择的是正确道路。而后，她带着自己的书和衣服决然离开，将我丢在我无力负担的公寓内，连同满屋的灰尘和我根本不想要的成套家具一起抛下。我知道，是她的爱慕之情将我和她缠绕在一起，确切地说，是将我的能力和她缠绕在一起。她是我唯一的读者和最好的读者，也是我最亲密的读者，以及给我最多鼓励的读者，她的消失使坐下来完成一件事成为难以逾越的障碍。这些年来，我曾有意或无意地尝试和其他人建立这种关系，次数多到数不胜数。和约翰娜分手后，我和很多男男女女约会过：有些虽然喜欢文学，但不愿读我的作品；有些很想读我的作品，却读得一头雾水；有些即使略知一二,也说不出丝毫有意义的话;还有些完全不明白我尝试写作的初衷;有些钟情于错误的文学类别(只读犯罪小说);有些选对了文学类别,理由却错得离谱(喜欢艾尔罗伊[①],因为他是硬汉);有些和我兴趣相投,却认为没有必要与他人分享;还有些认为印刷品的价值完全被高估,不配被称为艺术形式。没有任何人的亲吻能够让我浮想联翩。那些吻落在它们该在的地方(我的嘴唇上),无法再深入我的生活,更无法激发我的创造力。

重读《纽约三部曲》的欲望或许源于某种巧合,但更有可能是因为高烧牵动了我大脑中的某条神经,它沿脊椎而下,经过我肿痛的喉咙,进入一个充斥着噩梦和寒意的空间。从某种意义上来说,每一天,每一秒,生活都在以崭新的面貌开始,但从另一种意义上而言,我总是在不断返回自身的同一处地方。约翰娜和我都对巧合的发生心生崇拜,一如每一对

[①] 詹姆斯·艾尔罗伊(James Ellroy, 1948—),美国犯罪小说家,作品具有浓厚的黑色悬疑色彩,其风格与作者本人的经历密切相关。

因缘际会得以结识的情侣,也正因如此,我们对奥斯特的书如此着迷。在我所熟悉的作家中,只有他如此有意识地让巧合成为所有事件的要素。第一次见面时,我们都有各自的伴侣,她和女朋友在一起,而我身边的男人最近刚求了婚。机缘巧合,我们选了同一所大学的同一门课程。虽然在课程开始前我就预感自己会半途而废,但我还是去听了课,参加了第一场考试,考试结束后我去了一家酒吧,里面只剩下一个空位。就在前一天,我们的目光穿过整个人头攒动的演讲厅彼此交汇。现在,她就坐在长桌的一侧,穿着牛仔裤和黑色无领衬衫,我们的手腕不断碰在一起,整场派对的气氛都暧昧起来,直到夜深众人离开回家。接下来那个星期一,我们各自和另一半分手——两个独立存在却又联系紧密的分手场景——正好一个同学从亲戚那里继承了一间位于海格斯滕的公寓,正在招租,于是短短一周后,我们就搬了进去。那年我二十七岁,约翰娜二十四岁。我们将自我牢牢钉在对方身上,唯有彼此确信将长久生活在一起的人才会这样做,仿佛我们已得到保证,只有死亡能将我们分离。我们将彼此的书和日用品放在一起,不分你我,而且很显然,添置的所有物品(搅拌机、阳台上的家具和拉什·努连的《死亡戏剧》)都是为了共同使用。没有一项关于未来的计划,要看的一场戏剧,要去的一趟旅行、派对,或是要经历的变动不是我们共同参与的。随着时间的推移,我们共同的经历和彼此的联结成倍增长,直至填满我们的生活。她是我的主角。我的生活就是约翰娜,是我们之间有过的那些对话,我们在地球上共同走过的那些地方。我再也没有对任何人像对她那样地确信,确信我们真正拥有彼此。甚至在多年以后,当我第一次看向新生女儿的深色眼眸之时,我也无法确信我拥有他人。

九十年代中期,类似水手结咖啡馆这样的地方还很少见。未经雕琢的木桌,入口处楼梯边站着的男人,他将面糊倒进圆圆的可丽饼模具的方式,以及装着醇郁苹果酒的广口瓶,无一不透着原始的质感。咖啡馆不大,桌子和桌子挨得很近,烟雾缭绕。每次我们离开的时候都已经是深夜,仿佛时间没有遵循平常规律流动，而是跨越了时差。侍应生将折叠好的抹布塞进围裙，用法语复述着客人的点单，从不做笔记，时不时掏出抹布，擦拭木桌上看不见的污渍——这姿态并未因戏剧化的表现形式而减少其影响力。傍晚六点到深夜十一点间，门铃总是响个不停，人们眯起眼睛往里窥探，找寻可能的空位。到了冬季，每当大门一开，咖啡馆里的蒸汽和烟雾就会涌上人行道。我们也和许多其他人去过那里，包括她的同学、我的同学，或是共同的同学；我最要好的朋友萨莉，以及一些泛泛之交；约翰娜的兄弟姐妹，还有她在电台新结识的工作伙伴。占位的诀窍是尽可能早到，这样才能抢到一张大桌子，美好而自由的一夜由此展开：侍应生不断端上或撤下盘碟和酒瓶，山羊奶酪、蜂蜜和菠菜做的脆皮酥饼，撒了巧克力、坚果和红糖的可丽饼，而约翰娜和我像亲姐妹一样吃着对方盘子里的食物，在这之前我从没和其他人做过这样的事情，在这之后也没有。我们会在傍晚六点的时候找位置坐下，点一份脆皮酥饼，吃上两个小时，再点下一份。在此期间，周围餐桌边的客人或许已经换过几轮，烟灰缸不断积满又清空，聊天的话题浮现，散去，又重来。然后到了八点左右，我们会加单，再点一份脆皮酥饼或一份可丽饼，一切从头来过。拿着抹布的侍应生过来擦拭污渍，在我们面前摆上干净的玻璃水瓶和酒杯，用法语跟约翰娜以及其他能听懂的客人交流。再之后，我们面对面坐上从斯鲁森出发的红线地铁回家，仍然说个不停。于我而言，这是一场在我们分手后也不曾结束的对话，即使是在我们各自庆祝了分手后的第一个圣诞节时也未曾终止，甚至，她离开后许久，我对她的倾诉依然在继续。或许从未停止。

也正是在水手结咖啡馆度过了这样的一晚后，我第一次见到了气氛的瞬息万变，也就是我后来所说的凝霜。当然，这样写未免有撒谎的嫌疑，因为我从一开始就察觉到了异样：这一秒还对我全心全意嘘寒问暖，下一秒接起电话，那语气仿佛她正在办公。当然顺序也会完全颠倒：有时一到家，她会把外套狠狠往墙上一甩，为那天发生的某件事破口大骂，在话说到一半，看见我的那一刻，又在转瞬间露出笑容。她有一种冷静而沉稳的特质，能够根据自我意志切换情绪。这的确是一种特殊的天赋，无关其他能力。我在钦佩她开闭情绪闸门的方式的同时，心中也隐约感觉不安。这意味着她处于绝对的主导地位，在散发成熟魅力的同时，也流露出非人的特性和温度。有时候，我会陷入对情绪切换模式的思考，一琢磨就是一整晚，但始终无法像她那样自如。我始终被过去所束缚，也知道约翰娜觉得这一点十分可悲。她曾对我说："就放下吧。"而我不知道该如何放下。我的情绪不是我能选择持有或摆脱的，相反，往往是这些情绪最终放手，让我脱身。

从斯鲁森搭地铁回家的那晚，一个臭烘烘、醉醺醺的男人从辛肯丹姆站上了车，一屁股坐在我们旁边，隔着一条过道开始向我们搭话，当然说的都是些酒气熏天的胡话。由于并不希望我们之间的聊天被打断，我和约翰娜都没有理睬他，我冲他投去一个客气而略带轻蔑的微笑。但他继续喋喋不休，于是约翰娜猛地转过身，正脸直面他，以一种冷酷无比的姿态滔滔不绝地大骂起来。我从未听过她和谁这么说话。我没记错的话，她用上了"猪头""肉饼脸""撒泡尿照照自己"这些词句，一骂完，她转过头来看着我，换上了另一副神情。仿佛她在转身的一瞬间，就完成了一副隐形面具的摘戴。她继续我们的聊天，而我已经无法判断，那副面具是被摘下还是重又戴上了。这场冲突严重扰乱了我的心绪，我不时向那个男人瞥去，而约翰娜则始终保持正常声调和我聊天。我期待她会吃吃一笑，坦言这一切都是自己的伪装，或者以其他方式对此发表评论，可她只是说个不停。那个男人在利耶霍蒙站跌跌撞撞地下了车，地铁继续往前开。后来躺在床上，我问："这是人生的吗？"她没听明白，一脸真诚的困惑。我补充道："那种瞬间切换的能力。地铁上的那个男人，你好像完全没当回事。"她笑了。"我的确没当回事。"她的唇边仍挂着微笑，等待着我的解释。"你把他骂了个狗血淋头却毫不在意，你平静得就好像只是问了个时间似的。"她耸耸肩。"是吗？"

我握住她的手，仿佛是想让我的话变得柔和一些。"我只是很惊讶，你对他说了那样一番话，紧接着下一秒又和我继续聊天，就好像你什么都感觉不到。"约翰娜摇了摇头，将手挣脱出来。"你到底想说什么？"她收起笑意。我们之间的温度骤然下降，我后悔自己问出如此愚蠢的问题。地铁上那个男人的短暂插曲过后——我和她都心照不宣地对此绝口不提——我明白了，凝霜属于她的一部分，这并非缺陷，而更像是一种工具，一小块能发挥巨大效用的寒冰。

距离约翰娜消失过去好些年后，我决定放弃写作，其实是在萨莉家切洋葱的时候，我几乎只用一分钟就做出了这个决定。那年夏天，在手头的故事均未收尾的情况下，我又参加了一个创意写作班。对于老师给出的写作流程，其他同学都能迅速吸纳，并在结课之前顺利完成了手稿。那是一门公开课，对所有人开放，其中不乏精力充沛的老年人和雄心勃勃的年轻人，当然还有一些人参加的主要目的是晚上在大草坪上畅饮。当然了，每个人都很开心,而且每个人都完成了作品。不管是在哪方面,我相信自己绝对都是与众不同的那一个。课程开始的第一天,我就主动接近老师,寻求他的认可和赞美。他评价说,在我的字里行间,暗含着他所说的那种"捕捉细节的忧郁之眼",以及他所定义的"模糊的精确"。为了弄清楚这些抽象概念的含义,我很是费了一番工夫琢磨。后来我才意识到,他对所有习作的评价都差不多。他们的作品中有着"巧妙的距离感""迷人的暴力美学"或是"充满阳光的对抗力"。除了我之外的其他人,似乎都能从这些无意义的词组中找到意义。这位老师是一名作家,出版过几本诗集和小说。他总会用"创作的魔力""潜意识过程"和"空间存在被驾驭的冲动"等词句来谈论自己的写作。在我描述他的过程中,萨莉忍不住大笑出声,然后把搅拌菠菜和蒜泥的勺子高举过头顶,定定地汪视着我。"捕捉细节的忧郁之眼,倒也没说错。"我们当时正在做意大利千层面,我的女儿在客厅里的婴儿车内睡得正香。我一边预热烤箱,一边从储藏室里拿出一只大洋葱,切掉根部和顶部的绿芽。就在那一瞬间，我有了罕见一刻，一切都完美地呈现在眼前：第三次参加写作类工作坊，却仍然毫无头绪；我那些善解人意却困惑不已的朋友们；我如何得到别人的支持；我如何背负着学生贷款和银行贷款，甚至不惜多打几份工，只为徒劳地返回那个房间。我剥开洋葱，将窸窣作响的皮丢进水槽，找来砧板，将洋葱一劈两半，然后开始切成细丝。突然间一切明了：我心中的这个房间已经尘封许久，早在上世纪末就已关闭。这一认知过程极其简单，就好比透过窗户查看天气，然后确认外面在下雨一样。下一个领悟紧接着前一个产生，同样简单明晰：我所有关于写作的尝试，不过是一种徒劳的方式，只为找到那已经永远失去的东西。洋葱切了一半，决定做了一半。第三个感悟则更为具象：我面前延展开一片广阔天地，没有蠢蠢欲动的野心，没有对想法的要求，没有计划，没有虚荣。没有无尽的失败。我放弃了，我自由了。在好几种语言里，"宽恕"和"自由"是同一个词，或许这显而易见，但在这一刻，我意识到这其中也暗含着"放手"。洋葱丝在我面前完美铺开。萨莉探头看了看我。"是洋葱吗,"她一边说,一边拿起砧板,将洋葱丝全部扫进煎锅,"还是你真的哭了?"

约翰娜成了来自我过往经历的众多人物之一。如果不是她后来成了公众人物,我大概能更潇洒地将她遗忘。果真那样的话,关于她的记忆会隐退消逝,只在发起高烧或自怜自艾的怀旧时刻才会被唤起;记忆会枯萎,稀释,一如被不当保管的油画,只剩下支零破碎的残片。路过水手结咖啡馆的时候,我或许会捕捉到让我想起她声音的某种气味;经过林奈大街的咖啡专卖店时,或许还会对她产生片刻的想念;特朗斯特罗姆去世后,在读到关于《悲哀贡多拉》的书评时,我或许会有短暂的分神和恍惚。一如绝大部分被遗弃的人,我最单纯的愿望就是永远不再见到她——这就是分离的本质,一旦无法拥有,就要彻底摒弃,不想再听到她的名字,不想再看见她的面孔,不想再触碰关于那个(落在我唇上的)吻的任何记忆。这个结局来得猝不及防、冷血,整个过程前后不到一周(夹克口袋里发现的情书,在陌生人家门口透过投递槽进行的窥探，半夜的来电，交通高峰时段的当街啜泣，窄小卡车上不断摇摆的行李），之后的一连好几个晚上我都是在萨莉家的沙发上挨过的，用红酒和咖啡麻痹自己，一动不动，更无力行动。对于未来，我只能明确一件事：我再也不想见到约翰娜了。

然而，正如我们无法选择死亡，我们同样无法选择一段已经结束的关系的未来走向。约翰娜的事业蓬勃发展，显示出无限潜力，仿佛我们的关系是支跳板。没有人对此感到奇怪，约翰娜身上有成为公众人物的特质：她的目光，她的微笑，还有她如井水般似乎永不枯竭的观点。她能够在短短一分钟内围绕某个话题确定方向，形成自己的观点——确切地说，一个姑且能算作"观点"的东西，并且就好像游戏一般，下一秒就能切换到对立面去，仿佛话题本身成了无关紧要的附属品，只为展示语言的灵活性而存在。这是她的家传本领：辩论的技巧远比话题本身重要。在她和父母生活的二十多年里，每顿晚餐都是一场修辞学竞赛，也是每次回家都会重新开始的竞赛。她的兄弟姐妹具有同样的本领：能迅速将话题进行拆分肢解。在约翰娜家里，大家从不会提高嗓门，只会加快语速，扩充内容的丰富程度。我为此深深着迷，全情吸纳，任由自己被她的表达和行为方式所影响。在适应的过程中，我创造出属于自己的版本，让她永永远远地改变了我。这就是自我，或者说所谓的"自我"：曾经与我们有所交集的人留下的痕迹。我欣赏约翰娜的措辞和姿态，默许它们成为自身的一部分，不管是有意还是无意。我想这就是我们关系的核心，正因如此，从某种意义上来说，它们永远不会终结。

事实上，她在当地电台找到第一份工作的时候，我就已经有所预感，她进入公众视野只是时间问题。在离开我的前一年，她已经在国家广播电台做过时长一小时以上的专访，也参加过其他节目，那沙哑的嗓音仿佛无处不在。随着时间的推移，她的名字变得家喻户晓。她曾担任过驻外记者，作为嘉宾出席开幕式，接受报纸采访，成为几个电视节目的常驻班底。她被视为是一名冷漠高傲却能力卓越的主持人。我们的关系就是这样画上了句点,虽然对我而言从未完全结束。她的名字,曾经生长在我脑海中一小块枯萎的记忆花圃中的名字,如今只能借收音机和电视机听到,带着一种截然不同的共振,与之相伴的是一堆其他同样在公众领域频频出现的姓名和面孔。时不时会有熟人问我:"那个节目的主持人,你和她以前是不是……"然后报以充满期待的微笑,暗示他们已经知道答案,只是想要打听更为私密的内幕。大多数时候,我都会予以否认,偶尔几次,我会搪塞说:"我们只交往了很短一段时间,都没什么印象了。"或是说:"是啊,但那都是好久以前的事了。"我从没动过抖出一两件不那么光彩的逸事的念头,说长道短只会将我打入自我鄙视链的底端。有时我会猜想,面对同样的问题,约翰娜会怎样回答。如果有人提起我,她应该会说"我对她没什么印象了"或者"那都是多久以前的事了"。

渐渐地,我开始欣赏她在公共场合的露面和表现,因为从她的言语间,我能捕捉到我们曾经共同生活的痕迹。有好几次,她的措辞如此熟悉,我甚至能从中听见自己的声音,比如她会选择"矛盾"而非"冲突",在说"婴儿"时会刻意强调其中某个音节,还有一些我们在玩字母游戏时生造出来的词。只有一次,我在她说话时关掉了收音机。确切时间我已经记不清楚,应该是一个星期五的晚上。这只是一件微不足道的小事,或许除了我,根本没人注意到,就好比一个疯子在报纸上搜寻某条私人信息一样,但至少于我而言,这一举动算不上疯狂,只是细致入微的观察而已。出于某种原因,她加入了某档电台节目的一个讨论小组,该节目内容以一种现代的风格杂糅时事、文化和玩笑,巧妙地避开了各方的指摘和攻击。当时,小组中一名男子推荐了保罗·奥斯特最新出版的小说,约翰娜无故突然蹦出一句:"我从来没有喜欢过奥斯特。"一句半地惊雷般的陈词毫无预兆地脱口而出,仿佛她一直荷枪实弹地坐在那里待命,只等扣动扳机的那一刻。对于其他组员而言,这不过是她随口一提,而且随着讨论的深入,无人回应她的看法。但我始终无法释怀,久久纠结其中。与其说自己从没喜欢过奥斯特,她还不如说"我从没在海格斯滕住过"或者"我一向讨厌可丽饼"。我明白,对大多数人来说,试图明白她这句话的意义是疯子才有的行为,所以我克制住了自己。一个孤独的疯子,一个自命不凡的疯子,过着死水一般的沉闷日子,其中的乏味细节,不管是保罗·奥斯特还是其他任何人都不屑描述。所以我克制住了自己。

Two

妮基

Niki

曾有那么一段时间，人消失了就很难再被找回来。说起来，这也不是多么久远的事，很多至今仍在世的人，都还记得失去一个人是种怎样的感觉。他们眼巴巴盼着最新版电话黄页的出版，将其从堆成小山似的信件里翻出来，拎起起码六七公斤的厚厚一本，撕去外面的廉价塑料包装，然后趴在门厅地板上，伸出食指，一页一页找寻着某个人的名字，一个失联许久今年有望被重新登记在册的名字。电话黄页中能找到的名字，必须是固定电话的拥有者。也就是说，如果一个人没有永久地址，住的是转租的房子，最近搬了家或移了民，或者只是不希望公开联络方式的话，其个人信息便会被自动归入未登记那一类，能不能找到全凭运气。我失去了很多人的音讯，时间或短或长。有的找了几十个小时，有的找了一辈子。我曾在一两周内，密集而迫切地搜寻各种消息，也曾心不在焉地问询，在横跨几十年的时间里慢慢找寻。那一年，我们前往丹麦参加罗斯基勒音乐节，进入会场后没多久，我就和丹尼走散了，只好独自在人山人海中欣赏完 Simple Minds 乐队的表演。当晚，我只能把帐篷搭在陌生人旁边，然后漫无目地到处游荡，直到在排队上厕所时偶遇了一起来的朋友，我的孤单生涯这才终结。因为这次令人印象深刻的重逢，这段风波也成为一个结局圆满的插曲，一如那个夏天里的其他琐事，然而没有什么能弥补那些孤独无助、茫然失措的时光。没有了朋友，再盛大的节日也是凄凉的。但没多久我就发现，和我一起来的那些朋友，他们都没花时间找过我，包括丹尼——我还记得他说"在这儿等一下，我马上回来"。在他们眼里，我才是走失的那个人。入口处的巨大公告栏上贴着各色寻人启事，而我的那张纹丝未动。事到如今，三十多年过去了，我已经不记得他走开去做什么,不记得自己在等待什么,更不记得出于何种原因,我最终放弃了等待,转而开始寻找。但我记得他说他磕嗨了,忘记了我的存在,也正是那一年,我从原先的交际圈抽离出来,开始结交新的朋友——在大学里遇见的同学,不嗑药,头脑清醒,健谈而理性。

其中一位新朋友名叫妮基,她应该算是那种我总有一天会想要结识的朋友。我遇见她比遇见约翰娜早得多,就在大学一年级的某堂英语课上,妮基和我恰好在同一个讨论小组。第一次课间休息的时候,她走到我身旁主动攀谈起来,后来我才明白,这就是她交朋友的方式:要是她觉得某个人还不错,或是对方身上有某个吸引她的细节,她会迅速出击,第一时间建立起联系。全于找嘛,是因为脚上那双和她一样邋遢的斯坦·史密斯小白鞋。妮基是她自己选择的名字,她讨厌父母起的,因为她憎恨自己的父母。每当说到"恨"这个字,她都会皱起鼻子,瞪大眼睛,似乎要强调她那颇具攻击性的立场和态度。她的仇恨绝不是叛逆期的残留产物,也不是来得快去得也快的无心之言，而是持续燃烧的熊熊烈焰，昼夜不休。关于她的父母，我们进行过好多次长长的对话，但她只是言之凿凿地认定这两个人"相当可怕"，因此她不得不搬去五百公里外的地方，改名换姓，甚至连电话号码都要保密；除此之外，对于仇恨的产生原因，她几乎不曾给出任何具体的事例进行解释。她的说法总是含糊其词，我本以为随着时间的推移，事实会逐渐清晰起来，可没想到恰恰相反，妮基对她父母所下的结论在模棱两可的状态中变成不容置疑的真理。由于我很快成了她的密友，我也猝不及防地进入了她的圈子——里面的人都"知道"妮基有个悲惨的童年，她的父母活该下地狱，而对于未经证实的真相以及极度匮乏的细节，我应该选择保持忠诚，与之结盟。我想，这应该算是我们之间的某种纽带，而且一般说来，在涉及她父母的话题时，我并不关心真实与否，这也不是我所在意的那类真相。当妮基听说我还借住在雅各布斯贝里的奶奶家，窝在她的沙发上过夜时，她主动邀请我搬进她位于阿特拉斯社区的一居室。

这套公寓是她通过房屋中介申请到的，走的是特需人群快速通道，不用和其他数十万申请者一样等上十年八年。所谓特需人群包括遭遇家暴的年轻母亲、危重病人，以及出于各种原因无法排队等待公寓的人。妮基告诉我，在提交申请时她谎称在她的整个童年时期，父亲始终有乱伦行为，而持续不断的搬家会对她的身心都造成伤害。要通过申请，只需要一份来自心理医生的证明、一次与社工的面谈，以及一种我所缺乏的狡猾。这谎言可谓切中要害：在二十世纪八十年代末九十年代初，乱伦是一个广受关注的热门话题。媒体上，午餐休息室里随处可听见讨论，一批新兴专家应运而生，试图证明这一社会问题的触及范围远比人们意识到的还要广。心理治疗师的诊所挤满了人，那被压抑的记忆需经过诱导才会最终浮现。"我确定我爸爸这么做过，"面对我怀疑的表情，妮基如此说道，"即使我已经不记得了，我仍然百分之百相信。"妮基曾看过许多不同类型的心理治疗师，但他们似乎都和她最终生出不和。要么是询问的方式不正确，要么擅自取消预约，要么干脆外出度假，要么逐渐减短疗程，导致妮基在暴怒下解约。根据她的描述，治疗师可能会在第一周表现出色，到了下一周又大失水准。我从一开始就清楚，这就是她和其他人的关系，一切非黑即白，爱憎分明，不是天堂就是地狱，绝不存在中间地带。她又从班里挑选了两个新朋友，都是"才华横溢的女超人""全世界最优秀的人"，有着"菩萨般的仁慈心肠"，直到其中一个提醒妮基归还几周前借去的唱片，并且这话还是在咖啡馆里，当着其他朋友的面公开说的，这让妮基恼羞成怒，直言这只小耗子让自己"在众目睽睽下蒙受奇耻大辱"，再也不想看到这个人。回家后，妮基把黑胶唱片和纸质封套胡乱扔进塑料袋，坐地铁找到唱片主人的住所，把袋子挂在公寓大门外面，扬长而去。她和另一个朋友的绝交过程也相差无几。可我留了下来，在略感困惑的同时，我更多的是惊叹和痴迷于她那强烈的爱与憎，她在人群中奔忙的样子，就好像每一种感情都要必须立刻用行动兑现。原因虽然各不相同，过程却出奇一致。我心里也清楚，自己绝不会成为例外,但在我当时的年纪(二十三岁),友谊的定义和现在不同。友谊可以持续两个月,甚至两年,也可以短到仅仅两个小时。重要的并不是时间跨度,而是分量、密度和意义。妮基触动了我的内心。她给我的感觉,并不像那些我偶尔与之共眠却难以爱上的男人,而更像是一个灵魂伴侣——我从没想过自己会用到这个词,我也并不会因为知道这段关系迟早会结束而焦虑难安。妮基是一场冒险,是一出集所有类型为一体的永不落幕的戏剧,从未定格,无从揣测。她在青春期时曾尝试过自杀,按照她的说法,现在这一切"多多少少"都已经过去了。我逐渐意识到,这种"多多少少"的暧昧态度,其实是她在周围人的身上割开象征恐惧的血管的方式,从而确保自己能得到来自朋友的无尽关怀。我从未见她伤害过自己,只是偶尔瞥见过一些伤疤和灼痕。根据她一位心理治疗师的说法,这显然属于"焦虑管理",是将情绪付诸肌肤的发泄途径。她经常提及自己看过的心理医生,有时我忍不住会问,她去过城里那么多私人诊所,见过那么多的专家,这笔不菲的费用究竟是如何负担的。她只是答道:"他们出钱。"然后补充一句:"他们总得承担点什么吧。"我过了好久才反应过来,"他们"指的是她父母。换作今天,妮基不稳定的精神状况或许会得到某种专业诊断,但在当时,她的异样并不在心理疾病的考虑范畴之列。那时没人会谈论表现症状、诊疗标准或治疗药物。那些苦苦挣扎的人不会被医院集中接纳,只能靠每个人尽其所能去理解自我和他人。在我的印象中,我所有的行李也就两袋,其中大部分是书和衣服。妮基的公寓只有一个房间,乱得没处落脚。角落里有张床垫,我把包搁在床垫旁边,然后把牙膏放进浴室的柜子,把唯一一瓶饮料塞进储藏室,就算安顿下来了。相比于整体的混乱,我的到来难以被察觉到。一开始,我还遵循在奶奶家借住的习惯,试着保持床垫周围的整洁,但这感觉实在奇怪,所以我很快作罢。我的奶奶在富人家打扫了一辈子卫生,并将同样的卫生标准照搬回家:每周吸尘和拖地,炉灶表面锃光瓦亮,床单一尘不染。不难想象,如果奶奶住在往南五百公里的地方,妮

44

基童年时代的房子很有可能会是她的工作地点之一。妮基家相当富裕,父母受过高等教育,从事高薪工作,别墅位于马尔默郊外的富人区,后院规模堪比公园。显然我并没有亲眼见过,不过曾听别人详详细细地描述过:别墅一楼在二十世纪中叶曾是她爷爷的私人诊所,两扇厚重的橡木大门将医生和病人的私密对谈彻底隔绝在候诊室外。原先的候诊室后来被改建为其中一间厨房,另一间更大的厨房位于顶楼。妮基形容这幢房子阴森而冰冷,但我脑海里浮现的全是宽敞的房间,大面积的东方地毯,满墙的书架,无数间浴室,以及通向其他楼层的楼梯。在我的想象中,整幢房子应该干净整洁,无可挑剔,和妮基目前所蜗居的公寓的肮脏混乱形成巨大对比。据妮基说,我奶奶家的整洁程度(她在帮我搬行李的时候见识到了)和她父母家如出一辙:反正世界上的整洁只有一种类型,清洁的方式也只有一种。对此我持不同看法:整洁可以有多种表现形式,给地板打蜡的理由数不胜数,在刚打过蜡的地板上走动的方式也有无数种。妮基说,清洁就只是清洁。

我实在无法苟同。诚然，和许多初次离家开始独立生活的年轻人一样，妮基并不喜欢打扫卫生，但肮脏似乎触及她更深层次的自我。她喜欢的东西，大多数人都会感到恶心，可以说越是恶心的东西就越能令她着迷。她喜欢被我们遗忘在冰箱里长达数周之久的残羹冷炙，而且会将罐子翻出来，研究里面的东西被霉菌侵蚀的程度和腐烂变质的过程。七月的一个早晨，我们在瓦萨公园发现一只死老鼠，妮基蹲在一旁打量了很久，观察蛆虫在腐臭的肉里寻觅养分的过程。那感觉就好像她被某种力量往下拖拽，无可救药地沉入肮脏、污秽和混乱的地下世界，她仿佛无法像其他人一样产生厌恶的感觉，而是陷入疯狂的迷恋。就好像她在地下某种东西的迫使下，将这种沉闷和黏滞的污秽带进自己的生活，所以她从不更换床单，从不扫地吸尘，将用过的碗碟堆进水槽，任由其沤到令人发指的状态。我倒不特别为此困扰，尽管有时不免怀念打开奶奶家冰箱时眼前晃过的一道白光。清洁的方式有很多种，而对于奶奶来说这关乎尊严，在于让自己拥有一份曾打扫过的那些家里的光亮。于我而言，这是一个适应性的问题，悄无声息地融入，又悄无声息地退出。借宿奶奶家的时候，我保持着和她一样的打扫频率，而在妮基这里，我连被子都懒得叠。在一大堆衣服、书籍、旧咖啡杯、留有食物残渣的碗碟以及报纸和唱片之中赫然出现清爽整洁的一角，未免太过突兀。我回家的时候，大门经常是没有上锁的，因为妮基很少能在出门时找到钥匙。话说回来，你也很难想象小偷光顾此地，费心在这一团乱麻中翻找值钱的东西。

我们一起上的英语课就这样结束了，我没去参加期末考试，先是在仓库里找了份活儿，后来又去连锁便利店当临时工，只要城里哪一家便利店有员工请病假，我就会跑过去顶上。我的工作因此时断时续，并不固定。没有工作的时候，我就待在家里阅读写作，有时也和妮基或其他人出去玩。妮基的生活和我差不多，但她写作时更为专注，并且从不掩饰渴望成为作家或者说是出书的野心。按照妮基的说法，因为她在写作，所以她已经算是一名作家了。房租相当便宜，我们平时的开销又不多，因此没必要为了赚钱而额外工作。有时回到家已经是深夜，为了避免可能的雇主第二天一早打电话过来，我们会干脆拔掉电话线蒙头大睡。我经常花很长时间寻找电话，它可能出现在任何地方：抽屉里，烤箱里，食篮里。但凡哪通电话惹恼了妮基——该打来的不打，不该打来的瞎打——电话就会被扔进某个意想不到的角落。有时她还会拔掉电话线，如果没拔，那沙发底下或报纸堆里就可能会突然响起铃声。很快这些事变得让人见怪不怪，比如半夜突然响起敲门声，然后（丢了钥匙的）妮基带着一群新认识的朋友醉醺醺地闯进来，烧上热水，或翻出一瓶酒，打开留声机开始跳舞，或者在几个小时后被她叫醒，一起去屋顶看日出。说是屋顶，其实是一个用来晒毯子的旧阳台，只能通过阁楼的梯子上去。出口理论上是封住的，其实一推就开了。钻出去后，就能看见远处的铁轨和克拉拉湖上的日落，或者另一侧楼顶上的日出。我们喝着浑浊的自酿酒，拼尽全力尖叫嘶吼，直至抵达生活的核心，置身屋顶让我们相信，天堂已经近在咫尺。哪怕在数十年后的今天，新的千禧年与新的世界横亘其间，我仍然可以理解那种嘶吼，那种对于亲密关系和深入内心的渴望，或许比以往任何时候都要理解得深刻。至于当时为何非要爬上屋顶，我已经无从解释了。

用蒸馏瓶过滤葡萄酒是我的保留项目之一。伴随着缓慢的嘶嘶声，我将浑浊的液体——如果那也配叫酒——倒进潦草冲洗过的带螺纹瓶盖的酒瓶里，然后搁在冰箱里冷藏。我们称之为"尿酒"。有几个批次的味道实在不敢恭维，我们决定只能在屋顶上喝，毕竟那里的视野可以弥补世界上绝大多数缺憾，包括难以下咽的尿酒。"今晚去屋顶喝尿酒？"我醒来后没准就会在桌上看到这样一张便条。"没问题。"我在出门前潦草地写了一句作为回应。当天晚上，我们如约碰面——可能就我们两个，也可能还有其他人——爬上屋顶，然后任由我们的呐喊声在老旧的建筑间回荡。我们认识了几个月后，妮基开始和约纳斯约会，一个身材瘦小的金属锻造工和酿酒师，总是一身黑衣，还曾因为逃避兵役而坐过牢。他把工具箱留给我们，就放在厨房里。蒸馏瓶里甜得发腻的苹果酒被一团团糊状物取代。这种气味如今已经不多见了，但有时我进入陌生建筑时，仍能立刻闻出这种极具辨识度的气味。发酵罐是一个密闭的锡质圆锥体，里面插着一根管子，将煮沸的酒精送往上方的容器内冷却，恢复到液体状态，再经由一根长长的煤粉管过滤，滴落进装酒的容器中。这种自酿酒的酒精浓度高达百分之四十，喝完后，唇齿之间会留下一种特别的余味，让人联想起被油炸煎焦的小动物。当然了，因为共享工具箱的缘故，公寓里的流动访客数量越来越多，一到傍晚，我们的厨房就成了热门的聚餐地点，形形色色的人会带着比萨出现，吃完的空盒在地板上堆成小山，烟灰缸里装满了烟头，如果留宿的话，他们会在沙发上挤成一团，或是四仰八叉躺在妮基的床上，对着天花板吞云吐雾，彻夜长聊。我就是通过这种方式认识了后来成为我亲密好友的那些人。他们不知道从何处出现，或许是受到妮基和约纳斯的诱惑，期待结识新朋友，畅饮免费饮料。但不同于之前我经历的场景，酒精在这里并不重要。整个周五晚上，哪怕只是喝茶喝水，甚至什么都不喝，妮基和我都很开心，因为吸引我们彼此的——也自那时起构成了我所有关系的核心——是交谈。一场长达数年的对话，始于大学英文课教室外面的课间休息，妮基主动走过来评价我脚上的小白鞋，结束于几年后戈尔韦一个充满回声的楼梯间。我们可以分开一连数周，再次见到对方的时候，立刻接着上次未完的话题继续聊下去，就好像之前的别离短暂得只有一次呼吸那么长。我从来都无法预判，和妮基的对话最终会走向哪里，而这也是我最喜欢的一点。和绝大多数我认识的人不同，妮基很少讲述以自己为中心的八卦，或是重复过去的谈资，因为所谓八卦的精髓——开头、过程和结尾——有悖于她对真实性的严格要求。她说，她不喜欢那些装模作样的人、为别人改变自己的人、打断别人话头谈论自己的人、做什么都要解释一番的人、吹嘘炫耀的人、有百分之百把握才会开口的人、故作聪明的人、照搬别人看法的人、见风使舵的人、阿谀奉承的人，以及口是心非的人。

对于讲述者来说，做到完全的诚实是不可能的，而一旦犯下翻旧料的低级错误，就再也不会受到邀请，比如不止一次地提到，某人在汉堡的中央车站醉得不省人事，遭到逮捕，酒醒后才发现自己和老同学被关在同一间牢房；或者外婆在生下自己的母亲后因难产去世；又或是某人在维斯比植物园闭园后从栅栏上翻了进去，通过亲身试验证明，那里种植的大麻缺乏麻痹心智的效用。认识妮基以后，我逐渐意识到，对于某些人来说，八卦是附着在他们身上的一种慢性疾病，他们迫切地想要以故事的形式讲述一切，将生活归纳为公式，旨在吸引和打动听者，左右他们的喜怒哀乐。八卦是一只封闭的盒子，里面没有任何东西，只会产生更多封闭的盒子，直到对话——或用妮基的话说，所谓"对话"——的参与者面前堆满了各自的封闭盒子，精神阻滞，像是吊线木偶般被八卦牵扯住所有注意力。这类谈话更像是脱口秀，可以起名叫《如果你听过就让我别说了》或别的什么。我们没有电视机，至少不是一直都有，时不时有人从垃圾房拣回一台还能用的电视机，放在角落里，但它很快就会寿终正寝。不过正是其中一台让我生平第一次接触到了音乐频道，见识了在当时而言还是全新的大众生活。一开始，这种七嘴八舌的说话风格还被认为火药味太足，但后来却成了我们的新标杆。我还记得看到主持人站着滔滔不绝地介绍一首又一首流行歌曲，以及音乐录像带里那些支离破碎的故事时我们的讶异。妮基评价道："这就是未来。"她对此应该颇为欣赏。看电视的时候，我们并非被动地盯着屏幕，而是有条不紊地带着批判的眼光观看，不间断地分析着整个世界。如果被某个节目所吸引，情不自禁地陶醉其中，那绝对是精神怠惰的表现。即使在宿醉严重的情况下，我们也不会机械地按动遥控器，漫无目的地浏览各个频道。电视节目就像杂志、政治辩论以及家庭聚会的聊天话题（妮基来过我家几次）：作为能反映当前趋势的事件，可以随时被解读，以便拥有对世界更深入的理解。从那时起，我和电视之间的关系基本就再也没有改变过：我很少像其他人那样沉迷于某个节目，而是常常将各类内容混为一谈，忘记追看后续，又或是完全忽略了标题和播放频道。每当坐在屏幕前，我的注意力很容易就被毫无关联的东西所吸引，就好像望向汹涌的人潮：我会留意到演员们日渐衰老的面孔，整容手术后留下的痕迹，还有字幕翻译中因为错误而出现的生造词。看电视时，总有人试图左右我的目光，读书则允许我放任自我。和妮基共同生活的那段时间里，只要不上班，我们就会去皇后大街一带的书店闲逛。那一带的书店数量众多，各有特色，有些专卖上流社会经典教化读物，有些偏向诗歌、戏剧或初版典藏珍本，有些出售便宜的平装书，还有些只卖非虚构读物。不管手头有多少钱，我们都会去购物——当然了，我们并不认为自己在购物，更像是在"拖运"。我们会说去皇后大街把书"拿"回来，而不是把书"买"回来，就好像那些书及里面的内容早已属于我们，而我们只负责提供保释金，将它们从书店里解放出来，带它们一起回家。然而即使在带它们回家后，无论我们是已经读完，还是开始阅读，或者仅仅是把它们搁置起来等待将来的某个时刻翻开，我都不认为它们完全为我们所有。和买书类似，书籍的所有权不同于其他商品，它更像是某种会到期或是可以随时转让的借贷关系，比如有朋友对某个书名或某位作者表现出兴趣的话，我就会借给这个人看一看。在很短的一段时间里，我床垫旁低矮的蓝漆书柜里始终放着穆齐尔的《没有个性的人》。这套书足足有四卷，是在朋友推荐下买的，但我很快意识到自己还没做好阅读它的准备。第一卷的第二十页上夹着一只狗耳朵书签，很久都没挪过位置，直到有一天晚上它被约纳斯的一名同事翻开。他叫帕勒，曾经游历世界，为了赚钱谋生才回到瑞典。在职业介绍所的推荐下，他修完了电焊课程，之后被约纳斯所在的工厂聘用，现在，他正坐在我的床垫上，一边喝茶一边逐渐沉浸到小说的开篇之中。他跳过了内容简介和译者序，直接切入正文，这绝对是个好现象。毫无疑问，这部小说是属于他的，只是从我这里绕了个弯而已。

说来也怪，时隔三十多年后，我依然能清晰地回忆起那只蓝漆书柜、帕勒的面孔，还有《没有个性的人》的封面。在我这一生中,这部书曾无数次地出现在我手中,却又总会遗失,无论是因为分手的缘故,还是被别人借阅后忘记归还,就好像它背负着赏金,不停逃亡。它最终沦为我众多拥有过却只字未读的书之一,这种现象在许多人的家里都可以见到:很多人都会对明天许下承诺,假设一个终将有时间去阅读的未来。只要是在妮基的公寓,无论何处——餐桌上、浴室里、客厅中,还是窗台上——目之所及都会有一本比吉塔·特罗齐格①的书。有时在一堆杂物里,我要定睛找上一分钟才会发现一本《被曝光的人》或《国王的时代》,更可能是《沼泽王的女儿》,这些书妮基都买了好多个版本,但她都从没想过赠送或借出去其中任何一本。如果有人在床边、桌子上或水槽边发现了一本,顺手拿起翻看,妮基会立刻从对方手里抢过来,那架势就好像是从小孩子手里夺下一盒火柴一般。接着就是一连串劝导的告诫:读特罗齐格的书,绝不可

---

① 比吉塔·特罗齐格(Birgitta Trotzig, 1929—2011),瑞典作家、诗人。

以一边听收音机一边心不在焉地翻上几页,也不能中途想停就停,说完这些,妮基还会大声朗读一两页加以证明。如果这本书是《沼泽王的女儿》,那她几乎不需要翻看书页,因为大部分内容她都已经烂熟于心。她会用一种高昂有力,带着虔诚的战栗的声音来朗读,确保书的内容能逐字逐句进入听众的耳朵,像触动她那样直抵内心深处,震撼一切。但不可避免地,人们的注意力开始下降,这时她就会停下来,流露出不悦的神情,耸耸肩表示无奈,得出早已明白的定论:在这个问题上,这个世界无可救药。在我看来,比吉塔·特罗齐格的作品就是电视屏幕上某些模糊画面所对应的文学体现。你隐约感觉到正发生着某些趣事,但又说不清具体是什么。我尝试移动位置,调整设置参数,但画面依然没有清晰起来。很长一段时间里我都以为,通过阅读比吉塔·特罗齐格,我能更好地理解妮基:她靠近生活的精神维度的神经质方式,她对污秽和羞耻的崇拜,以及她感知到的来自地下世界的拉拽。在我看来,她们两个在我无从进入的阴郁而混乱的血红色世界里共处一室，情绪才是主宰一切的神灵，愤怒会造成碗碟飞溅，而新的恋情则使人临时决定两天后前往世界的另一端。我留了下来，独自照看公寓。约纳斯打来电话问询。"我不知道，"我说，"我也没搞明白。"我一头扎进《泥沼王的女儿》和《疾病》的模糊之中，但随即又将它们放回书架，转而开始打扫卫生。对于阅读特罗齐格这件事，我显然还没准备好，也永远准备不好。

我很少听妮基谈及作家之外的职业。一次，佩尔·奥洛夫·恩奎斯特①到访斯德哥尔摩会议中心，为他的一本书做宣传（我记得应该是《尼莫船长的图书馆》），演讲结束后，妮基大步流星走上讲台，像同事一样和他攀谈起来。两个人聊了好一会儿。我远远地站在门口，听不清他们说了些什么，只见听众陆陆续续离场，妮基拿了把椅子在他身旁坐下，恩奎斯特放松地舒展身体，认真聆听她要说的话，

---

① 佩尔·奥洛夫·恩奎斯特（Per Olov Enquist，1934—2020），瑞典作家、社会评论家，代表作有长篇小说《水晶之眼》《皇家医生的来访》等。

微笑着点点头,然后补充自己的看法。事后,妮基来到我等她的斯维亚大街,告诉我他们聊到了写作实践,聊到了系统性写作和坚持己见的必要性,以及全情投入的重要性。根据她的描述,这次见面是她和佩尔·奥洛夫·恩奎斯特之间关于经验和建议的深入交流,或许也的确如此。无论见到谁,妮基都会聊到自己所写的一切。她一本接一本地写,每开始新的一本书,我和她周围的人都会很快熟悉故事的构思、情节和主要人物。我们热烈地展开讨论,就好像说的是一本已经定稿的小说,仿佛这本书已经完成,就躺在眼前的餐桌上,书名和封面一应俱全。书名尤其能激发讨论。我记得其中一本名为《观鸟者》,主角是一个男人和他的私生女,在森林散步时,男人用望远镜砸死了他的私生女,就地掩埋,然后向警察局报告失踪。还有一本名为《地下室的孩子》的小说,讲的是一个从小在地下室里长大的女孩,成年后她才意识到,正是自己的痛苦,其他人才得以从痛苦中解脱出来。在《黑色客人》里,女主人公的父母经营一家民宿,为人刻薄,后来，另一个家庭住了进来，并且在女主人公的帮助下慢慢接管了民宿的生意。据我所知，这些作品除了一个书名、大致的情节、十几页充斥着凌乱想法和心碎细节的内容外再无其他。妮基会花费大量时间梳理自己的想法，然而到卷起袖子以更具条理的方式开始写作的那一刻——比如第一章刚起了个头——她最初的兴奋劲就消失了。情节变得空洞，人物显得扁平，支撑她的动力烟消云散。妮基有一台红色的便携式打字机，她会盘腿坐在床上，或者仰面躺着，出神地凝视天花板，打字机就搁在旁边的枕头上，里面插着一张空白的A4纸。妮基说我是一个"鬼鬼祟祟的混蛋"，从不和人分享我写的东西。这绝不是一句玩笑话。就算是在喝醉的时候，当她试图向我追问细节，打听我在笔记本里究竟写了些什么的时候，这个鬼鬼祟祟的混蛋依然闭口不谈。事后回想，其实我只是在练习和尝试。我在各种文学体裁间游移不定，模仿其他作家的笔调，反复纠结着如今也在挣扎的事：如何将脑海中的想法付诸笔端。对于写作，我还是个几乎一无所知的门外汉,但我能够确定的只有这点:有些事情必须严格保密,就好比炉子上的高压锅盖子必须绝对密闭,一旦气体泄漏就意味着死亡,如果我投入过多的关注,灵感的魔力就会消失,在完稿之前,我不能透露任何信息。但无论如何,这些都无关紧要,相比于妮基,我的想法实在微不足道,即使我像她一样,以狂热的状态热切投身于创作之中,最终也会因为缺乏激情而潦草收场。

妮基离开了一个月。她的新恋人来自爱尔兰西海岸,长相酷似詹姆斯·斯派德①。他们一同前往玻利维亚徒步旅行,途中碰到了一些人,给他们吃了一种会产生幻觉的草药混合物。妮基说,有的时候她的眼前会重新浮现出这些幻象:植物顺着墙纸攀爬,猫咪围绕建筑物潜行。她突然回了家,电话从此在洗衣篮里长久地安了家,因为约纳斯日益绝望,常常在深夜时分疯狂来电。为了参加某个飞镖比赛,

---

① 詹姆斯·斯派德(James Spader, 1960—),美国影视演员,代表作有电影《性、谎言和录像带》、电视剧《波士顿法律》等,曾获第42届戛纳国际电影节最佳男演员奖。

詹姆斯·斯派德回到了位于戈尔韦的家,而妮基则在厨房的餐桌上用花体字写情书,还特意用上了她学到的爱尔兰俗语。现在,她对约纳斯恨之入骨,而对阿德里安(也就是我们口中的詹姆斯)爱到无法自拔,她爱玻利维亚,爱爱尔兰——虽然尚未去过,但她很快就会前往;她恨瑞典,最恨的就是斯德哥尔摩——一个无可匹敌的愚蠢粪坑。我一个人独占了五个月的公寓,并意外地发现自己十分享受,和帕勒睡过几次,工作,下功夫大扫除,清洗浴缸下的发霉毛巾,扔掉冰箱里已无法看出来路的剩菜,烤面包,买了真正的葡萄酒,还安装了一台答录机。妮基对我说她喜欢这种整洁的感觉,但她回来没几天,屋子就恢复了常态。整间公寓仿佛成了她自身那股混乱无序的写照,地板上打开的旅行箱自然而然地成了新的混乱中心:臭烘烘的脏衣服,图腾雕像,以及她打算送给朋友和熟人的纪念品。她给了我一只手指鼓,被我放进了蓝漆书柜,还有一瓶透明的酒,里面悬浮着一只虫子。她和詹姆斯是在斯德哥尔摩当代美术馆遇见的,她向他走去,说:"为什么这些带子上都写着女人的名字？"① 他笑了笑，甩了甩蓬松飘逸的刘海，然后和她一同前往美术馆里的咖啡店，在那里一直聊到打烊。詹姆斯当时正在乘火车环游欧洲，原定于第二天动身，但新的计划出现了。只要是和妮基有过一面之缘的人，基本都会产生这种印象：对她而言，爱很简单，仿佛一个可以任意开闭的开关，人们来来去去，她曾爱过，后来又不爱了。从表面上看，这不过是最初级的机械装置：不是开就是关，不是黑就是白，不是爱就是恨。实际情况恰恰相反：妮基宛如一片情感的海洋，其中暗涌的洋流和潮汐不受她的控制，就好像希腊诸神所代表的所有情绪和状态都被塞在了她的眼睑后面。那是内心一种永无休止的喧嚣。任何东西都会在瞬间转向对立面，而随着詹姆斯的登场，妮基的世界变了。她喜欢U2乐队，喜欢叶芝，喜欢乔纳森·斯威夫特，喜欢玛丽·布莱克，喜欢吉尼斯黑啤，喜欢绿色，并且"一直如此"。她会在微醺

---

① 原文此处为英文。

的时候开始说英语,刻意吞掉尾音,想必是爱尔兰口音的特色。

我之所以好几次提到约纳斯,是因为我想知道,这个理应被警察逮捕、"控制欲旺盛的混蛋"究竟经历过什么。他没受过教育,长相丑陋,善于操纵别人。换言之,他就是个小痞子,她从没爱过他,他可以随时拿上他的臭机器,带上他的朋友,回到他的沼泽泥潭去,从此消失。当我告诉她,帕勒上次来的时候拿走了酿酒的工具箱时,她狐疑地看着我。我们正坐在厨房的餐桌边,炉子上的茶水即将煮沸。"帕勒?"她重复了一遍。我点点头,随即感到后悔,可我不能对她撒谎。这不仅关乎尊严——我自己的尊严——以及我想带谁回家的权利,还关系到真实性的问题,关系到我和妮基的关系中一直保有的坦率和真诚。"我不在家的时候,帕勒来过?"我又点了点头,耸耸肩。在和妮基的共同生活中,或许这是最让人为难的地方,因为朋友和敌人之间的界限细如发丝。"为什么?"她追问道。"我们上了床,他送了我一本书,我们聊了聊。"我如实答道。妮基将双臂环抱在胸前,闭上眼睛思考了好几秒。她的眼皮颤动了几下,仿佛眼珠在暗暗地快速转动。一场背叛,我居然和敌人勾搭在一起,并且现在正看着妮基如何处理这些新的信息。较量还在继续。她睁开眼睛看向我。"什么书?"她抛出一个毫无意义的问题,将注意力引往新的疯狂,就好像她突然获得了某个情绪之神的旨意,告诉她书名至关重要。"《如果在冬夜,一个旅人》。"我说,这是实话。妮基沉默地继续看着我,于是我补充道:"那本书不错,我一天就读完了。"这也是实话。她若有所思地点点头,松开手臂,冲我笑了笑,然后站起身,走到炉子前,取出马克杯和茶叶罐,又问了一句:"后来呢?""他回来拿工具箱,好去还给约纳斯。我们又上了床,聊了会儿天。之后还见过几次面,再后来,他又开始了新的冒险,回到了他挚爱的印度。"妮基把杯子放在桌上。"你们提到过我吗?"这话问得随意,看似无关痛痒,但我清楚这才是最为急切的问询,眼睑后那些极其敏感的情绪之神进入高度警惕状态,留意每一句侮辱,每一个贬损的描述，捕捉任何羞辱性流言的迹象。"没有，我们主要在聊书的事，聊他要去的地方，城市啦，海滩啦，豪拉车站啦，还有扒火车的艺术。我们还聊了很多关于《我心狂野》的观后感，帕勒说他也想要一件蛇皮夹克。"妮基往茶里加了糖，搅拌了一下，显然对这个答案感到满意。等她停了手，我从她杯子里拿出勺子，开始搅拌自己的那杯。这一部分当然不是真的，事实上，我们花了好几个小时讨论妮基。帕勒的观点是，不管从哪方面来看，妮基都是个不正常的人。但他无法对"不正常"这个词给出更具体的定义。她就是"他妈的脑子有病"，在九十年代初，这种归类就和"真他妈烦人""真他妈奇怪""没什么教养"一样，是一种盖棺定论。那个时候，很多事情并不像现在这样复杂：这些主观判断完全基于个人经验，基于人们相遇时产生的碰撞，只不过那些标签总是阴暗晦涩、不乏恶意的。所谓的"不正常"，除了让人抓狂，扰乱他人世界的秩序之外，究竟有何含义？对我来说，她只是妮基。每当我抬头望向书柜，在字母 C 周围寻找，目光落在那本破旧的《如果在冬夜,一个旅人》上——扉页上还有帕勒的题词和用铅笔画的小小爱心——我就会想起厨房里的沉闷空气,还有壶里烹煮的茶香。我记得床垫上,帕勒紧贴我的面颊,以及他尝试模仿尼古拉斯·凯奇抽烟时的样子,我还记得在他清晨离开后,我开始阅读这本书,然后立刻被小说旋转镜厅般的结构所吸引。妮葚问的那句话——"什么书?"——成为她疯狂的一例佐证,事后我常常会想,如果帕勒带来的是他提过的另一本书,比如克拉斯·奥斯特格伦的《创可贴》或《午夜的孩子》,结果又会如何?是否会导致她非理性的疯狂冲其他方向爆炸开来?过了一会儿,她从我杯子里拿回勺子,往茶里又加了几勺糖,然后搅拌起来。"说回帕勒,你喜欢他吗?"这一个无解的问题,因为他两周前就离开了,早已走远,以后都不可能见到了。让某个人离开就是让这个人消失。或许某一天,门垫上会躺着一张明信片,或是一封从他三四个星期前去过的某个地方寄来的信,又或许,我会写一封信寄到他留给我的某个地址,寄往他将途经——

除非已经去过——的某座城市的邮局：斋浦尔、迈索尔、德里。我在地图册上查找它们的位置，试着记住那些路线以及那些备选路线，那些城市以及那些有可能的城市，那些海滩以及那些有可能的海滩，那些难以到达的岛屿，那些他想要寻找的朋友，那些他下定决心不再错过的海边日食。我制定了自己的路线，以便追随他的足迹，孟买、浦那，然后南下直达班加罗尔或孟买，然后搭夜车北上拉贾斯坦邦，深入沙漠，如果他不在孟买，那就坐车直奔果阿。如果我踩到一个印有字母 A 标记的窨井盖，那就意味着他正在前往阿格拉泰姬陵的路上。如果窨井盖上的字母是 K，那他一定是在喀拉拉邦。"可能吧，"我答道，"但不管说什么现在都晚了，对吧？"

和那些"真他妈脑子有病""真他妈奇怪""没什么教养"的人一样，她最后应该被确诊了某种病症，或许还经历了精神病学的几轮检查，看了门诊，吃了药，拿到了康复计划，手机里会收到自动提醒预约的短信。或许她有一只每天早上都会打开的按需分装的小药盒，里面的药片能够约束她的情绪之神。或许她需要定期前往诊所,一名戴眼镜的专业女士会帮她进行自我评价:"他这么说的时候,你是如何处理自己的情绪和感受的?"我一直在寻找答案,寻找某条线索,一如大多数人那样,会在某个时间点上网搜寻老友或旧敌的踪迹,可她的名字甚至没有出现在那个早已取代了政府几十年前挨家挨户分发的电话黄页的网络上。她杳无踪迹,不用社交媒体,既不写博客,也不会发布照片或视频短片——至少用的不是她的真名。九十年代末,我碰到了一个我们共同的熟人,她告诉我,妮基趁着阿特拉斯社区转型卖掉了公寓,最后搬到了另一个城市,也可能是另一个国家。当然,由于妮基在搬家时和所有人断了联系,所以她也不能肯定。妮基和斯德哥尔摩就此分手,她彻底告别了这座城市、城市的居民,以及所有认识她的人。她决心再也不踏进这个粪坑一步,在另一处能呼吸的地方安顿下来。当初,为了拿到这间公寓,她可谓不择手段,这次转手卖出,她大赚了一笔。我想这就是首都对这个"真他妈有病"的人的补偿,用以交换她曾给予我们的东西：派对、温暖、混乱、争吵、一千件激怒我们的事情，以及激怒带来的自知。

那么，我们的友谊是如何走向末路的呢？当然是在斥骂中结束的，这个结局在一开始就已注定。所有的关系都有可能突然终结，这种内在的风险无从避免，但在和妮基成为朋友后，我就已经意识到，这残酷不堪的尾声并非假想出来的众多场景之一，而是唯一的结局。我完全可以肯定，任何友谊都无法在她身上长久幸存，但我仍然感到讶异。我猜，这就像死亡。每个人都清楚死亡终将到来，却很少有人会看着自己活生生的双手，去想象某一天它们会失去生气，降至和屋子一样的温度。那年的仲夏就已经初现端倪。当时我们还是朋友，妮基要去爱尔兰，而我很快要搬去萨莉那里。我和萨莉刚认识不久，却迅速熟络起来。她父亲驾驶帆船环球航行前夕，将利丁厄的别墅暂时托给她照看。我期待着从市中心搬过去，拥有更多空间，更靠近森林。妮基不确定什么时候回来。"没准我这辈子就待在那里了，"这是她的原话，"我们会结婚，我会继续写小说，再生一堆詹姆斯·斯派德翻版的天主教小孩。没有比这更完美的生活了。"她的打包过程一团糟，行李箱装满了又清空，清空了又装满，好不容易把打字机塞进去，没多久又拿了出来。她给詹姆斯的亲戚朋友准备了礼物，买了大量鱼子酱和薄脆饼，努力给它们腾位置。我很怀疑薄脆饼是否能经得起长途跋涉，至于鱼子酱，我本想说外国人大概率吃不惯，而且它们最好冷藏，而不是一连几天都在地板上，不过我忍住了没说。我已经告诉她自己打算搬进萨莉的别墅，同时承诺会另找房客，在妮基不在的时候帮她看家。我认识的人基本都过着居无定所的生活，转租是常有的事，所以找人住进来应该不难。"没事的，"妮基说，"你可以住这儿，也可以住别的地方；别人也一样，可以住这儿，也可以住别的地方。"我看着她，她正坐在地板上，打开行李箱，又一次费劲地把打字机往外掏。"呃，是租金的问题，"我说，"总要有人住在这儿付房租吧？"租金从来都是妮基负责，她也没提过分摊的事。她去玻利维亚的那一个月，我一直在留意寄来的发票，好去邮局付款。由于始终没收到发票,我猜妮基应该提前付过了。"租金的事你就别管了,"妮基说,"它自己就能搞定。你没发现吗?"她抬头看了我一眼,露出惊讶的笑容,仿佛真心觉得我的愚钝迷人。她对有偿工作所持的那种漫不经心的态度,时不时对我和其他人表现出的令人难忘的慷慨,究其原因,她真以为我什么都不懂吗?我叹了口气,再次将目光投向她的行李。或许就是那一刻,我预感到我们即将分道扬镳。"鱼子酱应该低温冷藏,"我说,"不然容易变质。"她于几天后离开,留下一堆烂摊子:被她舍弃的行李散落一地,冰箱里堆满了鱼子酱罐头。我拿了几个垃圾袋,将冰箱里的东西清空,扔进院子里的垃圾桶;接着又清空了冰柜,断电解冻后,里里外外擦了个遍;在洗衣房订好空位,把能找到的所有衣服、床单和毛巾统统拿去洗干净,然后烘干,叠好,整齐地收进她的衣柜里;我刮掉厨房餐桌上的食物残渣和蜡油;我买了厨房抹布和清洁喷雾,学着奶奶的架势在厨房里大展身手;我扎起高高的马尾,把收音机的音量拧到最大,扔掉橱柜里所有可能过期的食品，收起所有空瓶，把它们送去回收站；我把枯死的盆栽扔进垃圾桶，将碎裂的碗盘杯碟、坐坏的扶手椅和一台被烧焦的面包机送去回收分拣站；清理完地上散落的东西后，我用吸尘器吸了尘，又用拖把拖了地，直到淘洗桶里的水不再发黑；我把自己的床垫拖到街角的垃圾箱旁，给妮基的床换上干净的床单，最后用根绳子将钥匙挂在内侧大门上后，转身离开。走上通往圣埃里克广场的台阶时，我突然停下脚步。或许我该写一封信。至少在桌上留张便条，附上萨莉家的电话，万一有人想要租住公寓，需要和我联系呢？我原路返回，在门外的走廊里放下行李，把手指从投递槽里探进去，钩住绳子，把钥匙拽了出来，然后打开门锁。这是我和妮基共同想出来的招数，因为妮基总忘带钥匙——我偶尔也会，只能站在走廊台阶上等待救援。我脱了鞋，找出纸笔，在餐桌旁坐下来。电话响了，丁零零许久才作罢。厨房里弥漫着清洁用品的气味。我写下萨莉的地址和电话号码，用冰箱贴吸在冰箱上，旁边是一张特意剪下来的照片，上面的比吉塔·特罗齐格,身穿黑色上衣,面带神秘微笑。电话再度响起。声音从沙发旁的茶几上传来。我买的答录机不知去向,估计被妮基送给了别人。"喂?"我接起来,电话那头传来一个男人的声音,"是卡罗琳娜吗?"卡罗琳娜是妮基父母给她起的名字。"不是,"我说,"我是她的室友——前室友。"我不知道该叫她哪个名字,最终,我开口道,"妮基在爱尔兰。"电话里的男人是她的父亲,声音阴郁而沉静。妮基的母亲病了,很想让妮基回家一趟。我认真听着,试图在脑海中勾勒他的形象:他长得应该像《芬妮与亚历山大》[1]里扬·马尔姆舍扮演的维热鲁斯主教,目光刻薄,牙齿尖利,浑身透着努力掩饰的愤怒。但他的声音更像毕普·沃格斯[2]在哼唱温柔的安眠曲,他对妮基的行踪感到好奇,饶有兴致:"哇,她一路都是坐火车过去的"以及"她遇到的那个小伙子,你有他的电话吗?"。我据

---

[1] 瑞典知名导演英格玛·伯格曼导演作品。
[2] 毕普·沃格斯(Beppe Wolgers, 1928—1986),瑞典歌手、作家,曾为孩子们创作了数本书与电影。

实以告：我既没有他的电话，也不知道地址，甚至不清楚他的姓氏。我知道的只有城市：戈尔韦。妮基的父亲，那个叫约翰内斯的男人沉默了片刻，听声音似乎在咬铅笔头。片刻后，他说："找到了。"他说自己翻了地图册，戈尔韦位于西海岸，城市不大，去起来也很方便。我们都没说话，我能察觉到空气中酝酿着一句提议，一声恳求。最后，他直截了当地问我，是否对"一场小小的爱尔兰之旅"感兴趣。我告诉他，大学很快就要开学。"现在才八月初，"约翰内斯说，"距离开学还有段时间，对吧？"我尽可能礼貌地拒绝了，又是一阵沉默过后，他主动报出电话号码，说万一我改变想法，可以随时联系他。我记了下来，挂断电话。然后，我最后一次离开妮基的公寓，在萨莉家的一楼安顿下来。别墅很大，走几分钟就到水边。萨莉住在顶楼。我们会在周六进行大扫除，她负责楼上，我负责楼下，然后我们一起清洁完厨房，坐下来喝咖啡，吃萨莉烤的小点心。妮基临走前，我把自己的新号码给了她，期待她主动和我联系，但时间一天天过去，她始终杳无音讯。新学期开始了，不到一个月我就退了学，转而去萨巴茨堡医院做替补护工，我所负责的病房里躺满了挣扎在死亡线上的老人。一天晚上，我发现一名老妇人已经悄然离世。我让她儿子进来，见一见母亲最后的面容，那时我不禁想到了妮基。我的工作比较随性，不用担负责任，也没有严格的排班计划。第二天我给约翰内斯打了电话，他表示之前的提议仍然有效。妮基的母亲病情加重，更加迫切地想要见女儿一面。约翰内斯告诉我他会把差旅费寄来。我收拾好行李，去市中心买了张欧洲铁路通票，在中央车站兑换好英镑和爱尔兰镑。第二天，我已经出现在前往哥本哈根的火车上，坐在靠窗的位置，研究手上的铁路地图。我很想给帕勒打个电话，大声说瞧瞧吧，我也踏上异国他乡，开始一段冒险了，但我能做的，只是在哥本哈根中央车站买几张明信片，寄往他可能的各个邮政地址。等明信片一路飞往印度之后，它所承载的我那股兴奋和冲动是否依然清晰可辨？我不知道。或许，帕勒会站在印度的一条大街上，身处他曾跟我讲过的那模糊不定的人群中，读着我的明信片，感受斯堪的纳维亚的风拂面而过，清冽而遥远，缺乏实感，了无生机。确实，在空了一半的前往哥本哈根的列车上占有一席之地，何等冒险。在我把明信片塞进中央车站外的红色邮箱，转身走向下一班火车站台的那一瞬间，我就已经后悔了。站台上挤满了背着巨大背包的年轻人，他们三三两两聚在一起，有的抱着吉他，有的拎着录音机，有的席地野餐，面前摆着瑞士卷、奶酪和啤酒，还有的靠墙坐着，或打盹或抽烟，要么眼神茫然地发呆。我搭乘往返奥斯坦德和哈里奇之间的早班渡轮，次日清晨在戈尔韦站下了船，然后穿过广场，找了间小旅馆住下，连衣服都没脱就往床上一倒，沉沉睡去。醒来的时候天已经黑了，我坐在床边，研究前台接待员给的城市地图，琢磨着下一步该怎么办。在一座七万人的小城里寻找妮基，从理论上来说是很有意思没错，但此刻看来这一切都太天真了。我拿起笔，把地图划分为二十个长方形区域，打算沿着酒吧商店一家一家找过去，不错过任何一张面孔。我和詹姆斯只见过一次，还是在斯德哥尔摩的一个晚上，在他们即将搭乘红眼航班前往玻利维亚的几个小时前。我们都在屋顶上，他和妮基舌头搅缠在一起，不时发出呻吟，注意力被对方的嘴和手所占据。那似乎是一种必须在公众场合中表现出来的激情，一种需要被人见证才能全然绽放的爱情，我甚至怀疑这就是我在场的原因，那就是用我干巴巴、冷冰冰的身体反衬出他们之间的火焰。他们接吻的音调渐渐发生了变化，我从屋顶返回公寓。二十分钟后，妮基和詹姆斯也下来了，两个人顶着乱糟糟的头发，脸上洋溢着心满意足的喜悦——将原本昏昏欲睡的街道唤醒，改变街道的声响，哪怕只有一刻钟。无论这样的侥幸几率有多大，我相信只要见到詹姆斯，我就一定能认出他来。我向约翰内斯保证过，一到戈尔韦就通知他，可房间木桌上的电话坏了，我又不想下楼去前台借电话。于是我从包里掏出一块松饼，撕开塑料包装袋，就着最后几口在都柏林车站买的一小瓶水吃了下去，然后洗澡刷牙，回到床上。名为卡罗琳娜的妮基现在应该正和名为阿德里安的詹姆斯在一起，而我没有地址，也没有电话，连他姓什么都不知道。我决定就给自己一个星期的时间。

对不合理的任务采取有条不紊的措施，能够带来希望，让人觉得完成一件实际上毫无可能的事是可以做到的。很大程度上，它也为毫无希望的现实提供了一种意义感，有的情况下甚至还能带来愉悦。或许正是这种井然有序的方法让找寻过程和写作体验有了相似之处：一个想法落在纸上的过程，看似目标明确，实则不然；二十个长方形区域叠加在一座陌生小城上，追寻一个虽然存在却已消失的人，也是如此。我从一号区域开始——它位于地图东北角，涵盖艾尔广场周边——逐一打探威廉大街上的每一家小酒馆，时不时还要拐进一旁的小巷里。那天下午剩下的时间里，我都在二号和三号区域转悠，把大教堂和河对面的大学逛了个遍。之后几天的模式也差不多，在坚持地毯式搜索的同时，我也更多地屈服于冲动，比如跳上公共汽车穿越整个小城，或是一路步行至阿塔利亚湖，沿着湖光山色，在阳光下漫步。我误打误撞进了一座规模宏大的图书馆，找遍了里面的每一个角落。图书馆里只有寥寥数人，我还是忍不住在脑海中勾勒妮基徘徊于过道的身影，用食指划过书脊的姿态。入口处支着一块大大的告示牌，上面钉着关于课本借阅、阅读小组和吉他课程的宣传单。我粗粗扫了一遍，隐约觉得自己在寻找什么，可又说不清楚，直到一段记忆浮现——一种名为飞镖的运动项目。我赶紧走进去，问图书馆员是否有电话黄页。她站起身，朝玻璃门的方向一指。我看见门外的人行道上立着一座电话亭，电话黄页用一根金属线挂着，薄薄一本被翻得皱皱的，上面满是烟头的灼痕。我翻到字母D的部分，抄下每一个飞镖俱乐部和每一家飞镖用品商店的地址。全神贯注的搜寻令我疲惫不堪，在一家中餐馆草草吃完晚饭后，我没有精力再继续，只能回房休息。第二天，我先到旅馆前台借用电话。黄页收录的飞镖俱乐部地址很久没更新过了，电话打过去要么是空号，要么就是被那些对飞镖一无所知的人买走了号码。但我仍然坚信自己的方向是对的，因为这也是我唯一能依赖的线索。我找到高街上一家卖飞镖和靶标的商店，店主没有听说过名叫阿德里安的玩家，但他知道飞镖比赛的举办地点。于是，就在九号区域的十字大街，在一家靠墙摆着一排深色人造革沙发的酒吧里，我终于见到了詹姆斯。他正和一群男人喝着啤酒，我站在门口默默看着他。他的目光先是从我身上掠过，但下一秒又回到我身上，随即露出微笑。我和他拥抱了一下，然后挤进沙发上他身旁的空位坐下。妮基并不在场，听我问起她的近况时，詹姆斯只是摇了摇头。其他人都停下了手头的动作，手握啤酒杯盯着我们。烟灰缸里被人抽了一半的香烟升起袅袅烟雾。詹姆斯深吸了一口气，其他人纷纷凑拢过来，这个故事他们想必听过无数遍，却仍然不愿错过任何新的细节。妮基欢呼雀跃，脚步翩跹地踏上了翡翠岛国，拥抱了詹姆斯的每一个家人和朋友，牢牢记住了每一个酒吧老板的名字，自学了飞镖比赛复杂的规则和历史，出其不意地现身詹姆斯工作的会计师事务所，将自己介绍给他的每一位同事，也熟悉了这座城市的每一条街道、这座城市的神经系统和喜怒哀乐。依靠妮基稳定的收入——父母每个月转入她账户的生活费,他们很快决定离开詹姆斯父母家,在市中心的滨海大道上租下一套更大的公寓。詹姆斯说搬家的过程混乱而有趣,他的哥哥开着自己的小车,把箱子、家具和零碎物件一趟一趟运往他们的新家,在新家的第一个晚上,还没来得及拆开行李整理东西,他们就先迫不及待地举办了一场暖房派对。但詹姆斯很快就意识到,秩序会成为一个潜在的问题。妮基在斯德哥尔摩公寓里的混乱是一回事——他觉得那是人员流动频繁为我们这个小集体带来的副作用,但这又是另一回事。他拆开自己的行李,把物品一件件放进抽屉或橱柜,而妮基的东西要么还装在包里或散落在包外,要么就堆在地板上或椅子上,和新买的东西混在一起。一周不到,詹姆斯的东西就陷入了一团混乱:他的一件衬衫被剪掉了袖子,搭在扶手椅上;沙发上沾满了食物、咖啡和红酒的污渍;厨房里不仅堆满了留有剩菜的碗碟,还有书籍、纸张、唱片、未拆的信件和小说草稿。搬家后的头两个星期,他几乎没有去上班,虽然家里乱成一团糟,但日子轻松简单。白天,他们要么在窝在床上,要么去海边散步,到了晚上,他们就流连于酒吧餐馆,或去朋友家聚会。詹姆斯回去上班后,妮基在厨房里开辟了一块家用办公区,整个人盘坐在餐桌前,淹没在书堆之中,一边噼里啪啦地敲打字机,一边骂骂咧咧,将纸张揉成一团扔到地上。下班回家后,詹姆斯不得不一边收拾厨房,一边哄小孩似的安慰妮基,因为她的情绪越发低落。她说觉得自己被困住了。她大叫着她想从生活里得到的要比这多。他们计划再次出发,或许再去一次南美,或许在美国自驾游。但旅行需要钱,所以詹姆斯必须工作。此外,妮基对詹姆斯的一些朋友心生疑虑。一开始,他们都是可爱又讨喜的人,但现在她怀疑他们会在背地里说自己的坏话,也许怀疑得没错,毕竟她确实像一只异国的鸟儿,在任何场合中都表现出绝对的真性情,在不适合跳舞的时候跳舞,在不适合郁闷的时候郁闷。在无法将情绪克制在心里的同时,她也发觉这些情绪令人难以忍受。爱上妮基,就相当于爱上了别人的厌恶和嫌弃,因此詹姆斯总是处于斡旋和调解的状态中。一如其他那些试图和妮基长期相处的人,他也学会了解读她的喜怒哀乐。甚至在踏进家门之前,根据她敲击键盘的声音,他就能判断出妮基这天过得是否顺心。其余的还有她打招呼的语调——前一天可能还热情而甜蜜,第二天就能变成咄咄逼人的咆哮,而这象征着持续一整晚的充斥着指控和猜疑的舞台剧拉开序幕。妮基绝对算不上理想的客人,因为她身上没有任何客人应有的顺从,尽管她每天都去图书馆,积极与人交流,了解新知识,甚至上夜校学习爱尔兰语,但她的生活有时仍会让周围的人产生窒息感。"我本来可以做得更好的。"詹姆斯说完这句话后,他的伙伴们纷纷反对。他们说,能做的你都做了。你做的远不止那些。对于妮基眼下的暂时消失,他们似乎都很开心。当然了,他们并不否认,妮基在心情好的时候总是光彩夺目。她聪明伶俐,学识渊博,而且始终充满求知欲,记忆力过人,风趣,可爱,讨人喜欢。可就在那个晚上,一切都变了:他们和一群朋友去了酒吧,喝喝啤酒,扔扔飞镖。她在图书馆读了约瑟夫·普兰基特①的诗,正给大家背诵,正当大家热血沸腾、兴致高昂的时候,一个女人走了过来,拥抱了詹姆斯。她叫艾米丽,是詹姆斯过去交往的对象。詹姆斯并不清楚妮基对待交往对象前妻或前女友的态度,不知道她们被视为炸弹,因此犯下了一个致命错误:他也高高兴兴地给了艾米丽一个拥抱,然后介绍她给妮基认识。妮基伸出手打了个招呼,勉强挤出一个微笑,然后径直去了洗手间,过了十分钟还没回来。詹姆斯去找她的时候,她正双臂交叉等在自动售货机和厕所之间,怒不可遏,既屈辱又焦躁,几乎用尽全身力气冲他大吼大叫。整个酒吧沉默了一秒,仿佛在测试这疯狂的程度,随即又恢复了之前的喧嚣。"那是我这辈子最奇怪的一场争吵,"詹姆斯说,"我一点都没有弄明白,这一切到底是怎么回事。"他环视了一圈围着桌子的人。"对忠诚的追溯,"他对面的人咧嘴一笑,"没准她期望你是个二十八岁的处男。"对面的人反戴一顶棒球

---

① 约瑟夫·普兰基特(Joseph Plunkett, 1887—1916),爱尔兰诗人、政治家,是爱尔兰1916年复活节起义的领导者之一。

帽，举起啤酒送到嘴边。其他人都笑了起来。"狂妄的占有欲，绝对的附属性，还有对所有权的不合理要求。"他旁边的人说道。其他人看向他，纷纷点头。他继续说道："对突然出现的性感前任心怀嫉妒是一回事，那样大吵大闹是另一回事。"詹姆斯看了看他，然后转向我。我想那眼神里充满疑惑。"又或许她只是害怕被抛弃。"我说，"无可救药地害怕，又无可救药地完全无法处理这种感受。"其他人缄默不语，有人站起身，去吧台边又点了几瓶啤酒。妮基当天晚上就离开了，她收拾好一包行李，此后再也没有出现。那是快一个星期前的事了。詹姆斯好像不是很担心，也不打算去找她。情况变得越发棘手。我问詹姆斯知不知道妮基可能会去哪里，戴棒球帽的那个人告诉我，河畔有一家法国人开的招待所，专门接待持欧洲铁路通票的旅行者以及途径此处的短租房客。我在桌上展开地图，他指了指河南岸的一小块街区。"你为什么要找妮基？"詹姆斯看着布满了画线和潦草字迹的地图问道。"我必须找到她，就是这样。"我告诉他，"我没有她的地址或电话,她也从没和我联系过。所以这是唯一的办法。"刚点的几瓶啤酒送上了桌,我站起身准备离开。詹姆斯在地图一角写下了自己的地址和电话。"如果你找到了她,"他说,"麻烦替我问好。告诉她……"他没有说完这句话。"就替我问好吧。"

河畔招待所的前身是一艘船屋,由于没有停靠码头的许可证,因此被拖上了陆地,可在陆地上它还是没有许可证,只好又下了水。作为船屋主人的法国人说一口含混不清的法式英语,从亲戚那里借了隔壁的房子,用薄薄的墙板隔出狭窄的房间,做起了生意。这些房间一晚上的租金为六英镑,包含一顿内容不明的早餐,以及在公共区域与法国人的聊天。妮基曾在此逗留过几天,住在其中一间较大的房间里,但就在我到达的前一晚,她突然消失了。她和法国人因为某些事情发生了冲突,情绪十分低迷,于是收拾了行李,没有退房就离开了。我们在花园里聊天,他就坐在一张搬到草坪上的办公椅上。"听着像是她会做的事。"我说。他走进屋,领着我爬上楼梯。这幢房子原本是一家纺织厂,房间和房间之间被石膏板隔开。顶楼的中心是一间开放式厨房，几名客人正围坐在餐桌边，喝着啤酒抽着烟。妮基住的是角落的一间。站在地板中央，我能够想象她一定非常喜欢这里：从窗户眺望出去，可以看见楼下的绿色树篱、花园，以及河水；房间里摆着一张大床，一张桌子，一盏阅读灯，角落的门后面是一间私人浴室。法国人打开门，开了灯，往里面看了一眼。"她好像忘了这个。"他说，然后从洗脸池旁边的挂钩上取下袋子。一个塑料购物袋，里面装着一条脏毛巾、一件湿漉漉的泳衣，还有一本《沼泽王的女儿》平装书，破旧的书页已经被泳衣浸湿起皱。我带着这包东西离开了，在走之前我向法国人保证，如果继续待在城里，一定会在这里租个房间。他说："那你可以住这个房间。""听起来不错。"我回答道。当晚，我给詹姆斯打了个电话，告诉他我算是碰到了妮基，同时也没有碰到，她一度出现在我的取景器中，继而又消失不见，我打算就此作罢，原路返回。说不定妮基也这么想，没准她已经在返回斯德哥尔摩阿特拉斯公寓的路上。"不，她在这儿。"詹姆斯说,"昨晚我回家的时候她已经在了。现在一切都很好。"我站在旅馆前台,面前就是电话。服务生正在闪烁的屏幕前敲击键盘。"你想和她聊聊吗?"詹姆斯问,"她正在洗澡。"我抬头看了看墙上的时钟。七点半。"不用,我过去好了。"我仍然记得那部闪闪发亮的红色电话、缠绕在我食指上的连接话机和听筒的卷曲电话线,以及服务生在喝水的间隙向我瞥来的目光。找到妮基无异于一项成就,一场胜利,但那只是对我而言。妮基尽了一切努力销声匿迹,既没有寄明信片暴露地址,也没有留下任何电话号码。在她看来,我费尽苦心的搜索很可能是一种侵犯,是一场捉迷藏——一方乐在其中,而另一方根本无意游戏,只想消失得无影无踪。

整件事情在楼梯间的怒骂声中结束。在他们家厨房里的餐桌上吃了二十分钟茶点后,她才终于明白我此行的任务。我告诉妮基,她母亲病得很重,她的脸上似乎蒙上一层阴影,当然这也可能只是我的臆想。接受她父亲的招募,一路追寻她的踪迹,我背叛了这份友谊，有那么一瞬间，我以为她母亲病重的事实能够胜过这一点。可我错了。她平静地说："收拾好你的东西，从这里滚蛋。"然后她站起身，提高嗓门："我累了，很累，很累。"我感觉她眼睑之后的那些情绪之神似乎有些混乱。她只是生气，而不是疲倦。我们自始至终都在用瑞典语交流，詹姆斯只能根据声音的抑扬顿挫做出判断，将一只手放在妮基的胳膊上。"你也一样！"妮基猛地甩开他，用瑞典语吼道。我穿过房间走向门厅，妮基跟了过来，詹姆斯紧随其后。这是一间相当不错的公寓，木质地板和木质门框被漆成各种颜色，每个墙角都摆着大盆绿植。詹姆斯和妮基穿着同样款式的羊毛袜，而我脚上只有一双薄袜，透着寒意。我赶在她射出最后一枚子弹前开了门，整个楼梯间都回荡着她的声音。我们的友谊从一开始就注定会瓦解，如在薄冰上行走一般，所以我早已做好充足的准备。然而，当我看见妮基扭曲的面孔，听见她吼出的最后一句话时，我的内心还是出现了裂隙。"你从来就不是我的朋友。你个混蛋，你个该死的混蛋。"

当晚我就踏上了返程的火车,两天后,迈进了萨莉家的大门。萨莉回家的时候,我正在浴缸里泡澡。她透过浴室门缝探头进来打招呼,手里拿着从干草广场买的新鲜鸡油菌和一瓶红酒,冲我挥了挥。我们喝完一整瓶红酒后,萨莉又翻出一瓶白兰地。那个夜晚最后变成一场狂欢,后来我们打车进城,去酒吧跳舞,直到筋疲力尽。我一直在拖延向约翰内斯汇报的时间,但仅一个星期过后,我就给他打了电话。我祈祷着电话能被转入语音信箱——对于想要给出笼统解释又不想面对对方一系列问题的人来说,语音信箱绝对是个完美的发明,但他立刻接起了电话。我简明扼要地解释了一通,说找到了妮基,但她没兴趣,或许我提出的回家邀请不够有吸引力,不过我已经尽我所能。"我有点没听明白,"约翰内斯说,"她来了。你们见面后的转天,她就搭飞机回来了,在索尼娅身边陪了两天。"我跌坐在椅子上,透过落地窗看向外面的花园。"索尼娅?"约翰内斯叹了口气。"索尼娅是卡罗琳娜的母亲。她已经走了。她好像一直在等卡罗琳娜,憋着一口气撑到她回家。"约翰内斯语气和蔼、平静,这个鳏夫总算将迷途的孩子劝回家了,哪怕只是暂时的。我打开行李箱,在箱底找到了装有脏毛巾、湿泳衣和《沼泽王的女儿》的塑料购物袋。从那时起,这本满是水渍的平装书就一直静立在我书柜里,成为我的藏书。比吉塔·特罗齐格时不时就会重新流行起来。每当人们提到她的名字,我总会想起那套公寓和那间厨房,想起妮基站起身,喝令大家安静下来,听她朗读《沼泽王的女儿》的模样,她阐述着自己对世界的看法,虽然孤立无援,却始终怀抱热忱和信心。而我总是感到一种奇怪的不情愿,不愿将这本书借给任何人。

Three

亚历杭德罗

Alejandro

就在我期待飓风的时候,一场飓风降临。我渴望被裹挟,被席卷,并且幸运地如愿以偿,同时也不幸地得到了我自以为渴望的一切。老天听见了我对炙热爱情的祈祷,这是幸运,也是不幸。那时距离千禧年不到四个月,我趴在奥尔斯塔公寓里的床上,克里斯蒂安就在身边,讲着他的宝宝计划,那是我们做爱的收束环节。白天的时候,他在议会的秘书处任职,负责撰写专栏文章、演讲稿、"愤怒民众"的来信、动议草案、新闻稿、议员的博客等等,这是他推动运动、操纵观点的方式,其中不仅包括他自己的观点,还有其他人不断变化的观点,对未来的观点,以及人们无从预见自己将持有的观点。

这些观点是他的手艺所需的原材料,是孕育文字的土壤。如今,他是一家环保组织的首席信息官。我有时会在一些场合碰见他(我们有共同的熟人),但每次看见我,他都只是点点头,迅速移开目光,似乎想让我知道:曾经的伤口仍未愈合。当时他正在努力推动他的宝宝计划("生一个,两个,三个,甚至五个"),一只手放在我的下背上,将鼻子埋入我的发间,被想象中未来孩子的名字所引发的幻想搅得躁动不安。但丁、马克斯、威尔默、玛雅、尼尔松、洛瓦、米兰达、贝丽特、玛格丽塔、朱丽娅、巴思安、贝拉,尽管看起来可能像是一场游戏(强尼、康尼、桑尼、罗尼),但其实它们就像商业展览会摊位上盛在玻璃碗里的免费糖果,轻易就让人驻足逗留片刻,任自己被讨好,开始和摊主闲聊打趣,说所有名字里,自己最喜欢弗兰克,还有比利,这让他忍不住哈哈大笑,话题由此建立,突然间我们就达成了一笔交易。从那时起,我开始感到自己是可替代的,有点类似于他的那些观点、同事和老板,又像是一个齿轮,或是一个配件,附属于西装革履的他热切服务的庞大体系,并被他书架上整齐排列的大部头所透彻阐释。可当他将我的名字文在肱二头肌上来反驳这一点时,我已经准备离开。那时,我已经和亚历杭德罗发生了关系,就在从瓦克斯霍尔姆回来的出租车后座上,所以事后想来,其实很难说最后我们之中的哪一个是可替代的。

由于亚历杭德罗缺乏演奏乐器方面的能力,Zomby Woof乐队并不是主动邀请他加入的,但根据传闻,当他一时冲动站上舞台随着音乐摇摆身体时,这个乐队才第一次感觉到完满。有几次,亚历杭德罗的手里被塞了手鼓,但只要是看过他舞台表现的观众,都会立刻忽略他手中的乐器。亚历杭德罗有一种催眠的魔力,让你无法将目光移开。他的动作是如此专注,连"舞蹈"这个词都变得苍白,那感觉更像是他把身体交给了音乐,赋予节奏有形的肢体线条,没有拐弯抹角或者扭捏作态。他的高光时刻属于音乐,以一种我从未体验过的方式,正如他在我们开始约会后所形容的那样,在服用迷幻药物后踏上的感官之旅中,他意识到,声音和物质基本相同,音乐有其架构,且反之亦然;至于我们的感官,只要任其自然交融在一起,它们所能倾诉的会远超我们的想象。事实证明,他吸食过许多毒品,其中一些我连名字都没听说过。我们第一次见面是在斯德哥尔摩老城的法辛爵士酒吧,乐队即将开始演出,当我们一行人进门的时候,他一只脚正踩在扩音器上,和别人说话,而他扭过头,注视我们落座,我们的目光就在那一刻交汇。那天晚上,我和萨莉还有其他几个朋友一起,打算出去玩玩,只是想出门,去某个地方,任何地方,只要有音乐和啤酒,最后,我们来到了这家烟雾缭绕、舒适惬意的爵士酒吧,就坐落于市中心和国王岛之间。过了一个多小时,萨莉和其他人都离开了,只有我留了下来,像被定在了原地。他穿一双红色的跑鞋,一条黑色的烟管裤和一件白色的衬衫。没过多久他解开了衬衫扣子,露出里面的白色背心。他把头发扎成低马尾,贴在脖颈后面。每当一首歌结束,我整个存在就只剩下对下一首歌的渴望。这就是我想要的一切,我整个人转化为这一隐秘的欲念,期盼下一首歌开始。求你了,再来一首,再来一首有他的歌。Zomby Woof 演奏的是一种韵律感极强却颇为古怪的电子爵士乐,除了架子鼓外,还有两架打击乐器、一台钢琴、一架低音提琴、一台合成器,此外小号手会时不时从舞台边上的椅子上站起来,开始独奏。最后是亚历杭德罗,所谓的门脸,尽管他在录制期间几乎没有露过面,却是乐队唯一一张唱片的封面人物。这张唱片以 CD 形式发行,总共卖出了两百张,这一事实把你所需知道的一切都告诉了你:他们的音乐是视觉性的,即兴而为,与当下融为一体,迸发于面对现场观众的那一刻。由于成员都是专业音乐人,忙于其他创作,所以 Zomby Woof 很少排练,临场凭听感演出。他们往往在演出前一小时见面,喝杯咖啡,然后确定开场曲,至于其余曲目则完全根据场地的氛围决定。亚历杭德罗的舞蹈决定了整场演出的基调。音乐一响,他便进入全然忘我的状态,但在曲目间隙,他会在舞台上踱来踱去,放松地喝一口玻璃壶中的水,也会走到麦克风前,用英语、西班牙语或瑞典语说几句话,感谢观众的掌声,介绍乐队成员和下一首曲目,预告下一场演出。有好几次,我都感觉,他一开口,就把目光聚焦在我的身上。当然了,我认为这纯粹出自我的想象,除非这种认为本身才是我的幻想,事实也确是如此,因为报出最后某个曲名时,他宣布"将这一首献给那位孤独的黑衣女士",并且直指向我。我举起手挥了挥作为回应。我们的关系由此展开。

有好多个夜晚,萨莉和我都会像那天晚上出门闲逛,有时只有我们两个,有时在打了一圈电话后,会有朋友在晚些时候加入我们。我们不是为了喝酒听音乐,或是和偶遇的陌生人交谈,而是为了体验一种自由的感觉。如果我们是生活在别的地方的其他人,那么为了体验这种感觉我们或许会去钓鱼,或许会赤身裸体跳进大海,然后肩并肩地坐在布满岩石的海滩上眺望地平线,结束漫长的一夜。几年前,萨莉的父亲在太平洋的一艘帆船上失踪,之后的一年,没有人知道他在哪里,在尚有一线他仍活着的希望时,我们会在酒吧或是餐馆里不断思索这种可能。没有比酒吧更适合希望的地方了,特别是在几近绝望之际。当那一年接近尾声的时候,萨莉实在无法一个人继续忍受煎熬。她会窝在家里对着地图,思考海洋风在菲律宾海的转向方式,洋流在季风作用下呈直角的运动途径——也就是说,风从西边吹来的时候,帆船会向北航行——以及赤道以北水域形成的亚热带旋风。水手结咖啡馆里没有风,菲尼克斯或英迪格餐厅也没有。我们喜欢坐在英迪格靠窗的位置喝汤,萨莉父亲的遗体被发现并运回家那天,我们就去了那里,葬礼结束后的丧宴地点也选在了那里。然而,那是在一个星期三的晚上,我把克里斯蒂安一个人留在床上,骑自行车穿过蒙蒙细雨来到萨莉家。我们喝了茶和红酒,打了几通电话。当时有些人已经买了手机,有些人还没有。有些人在座机上设置了语音信箱,然后打电话查留言。还有些人因为工作拿到了手机,可以用来偷偷打私人电话。我记得有一个朋友还留着一只老式的寻呼机,一边闪着灯一边嘀嘀叫。萨莉在一年前卖掉了父亲位于利丁厄的房子,在马尔姆花园大街买了一套公寓,专门腾出一间工作室,为想要赋予旧扶手椅、旧椅子和旧沙发新生命的人修缮家具。我所坐的凳子就是一件有待完成的作品——油漆已经剥落,边缘还有尖锐的钉子。萨莉穿着沾有油漆和胶水的工装裤,正打算换上别的衣服。在缔结友谊之初,我们曾探索过彼此相爱的可能性,但这些感觉很快退去,让位于一种更持久的情感,一场持续数年、周而复始的对话,一种无关占有的真爱,一个在各自生活中勇敢面对新挑战的约定。我们相识的这些年里,我曾无数次在她家沙发上痛哭。她的家具换了好几茬,我的哭声一如既往,我笑过、爱过、丑陋过、嫉妒过,也失败过,我们将彼此的生活编织在一起,心照不宣地保护对方,仿佛这是世界上最自然不过的事。如果只能带一个人去荒岛,我们是彼此唯一的人选。我们坐在厨房的餐桌边,萨莉正在浏览报纸上的活动和演出推荐。"另类的竹韵爵士加惊喜伴舞。你觉得怎么样?"她把报纸往我怀里一塞,走进卧室,出来的时候已经换成了夏裙。"现在都快十月了。"我说。萨莉耸耸肩,指了指我。"你呢,还是穿得像是要去葬礼一样吗?"我们走出公寓，乘公交车来到法辛爵士酒吧，在外面排队的时候碰见了几个朋友。当时是晚上八点，几个小时后，我的生活就会发生翻天覆地的变化——就在 Zomby Woof 的演出结束后，在我毫不犹豫地敲开了他们烟雾缭绕的休息室的大门那一刻——所以，对于那几个小时发生的每一件事，我都记得出奇清晰：国工岛桥上湿漉漉的柏油路；瓦萨大街拐角的汉堡王外面聚集的一群青少年；萨莉一边用牙齿咬住手机天线往外拔，一边说"妈的，都走快点"，夏裙外就罩了件薄薄的小外套，整个人冻得瑟瑟发抖。如今这些细节未免显得琐碎而幼稚，而我当时一无所知，并且心不在焉，仿佛没有任何重大事件需要我面对，没有任何颠覆性决定需要我决定，仿佛我的生命中已不剩任何值得燃烧的激情。

那一晚之前，我始终认为人类本质上是客观理性的。总的来说，我们每一步的行动，无论简单复杂，无论有意无意，哪怕那些受到误导、琢磨不透的举动背后都藏着某种算计的心思。当然，算计本身就暗含了某种目的，比如谋求利润、好处，追求幸福、快乐等等，它是一种人类多少注定都会遵循的意志，因为他们还算聪慧，会为自己，有时也为他人追求最佳结果。但当我敲那扇门时，看着我的指关节因秋天的干燥气候微微皲裂、同时又带着夜晚的暖意，而手边就是门上挂着的"后台工作人员"手写指示牌时，我意识到自己错了。因为事实上是这些算计被我们附加在冲动之上，被附加到那实际主宰我们生活的疯狂野犬身上。我曾窝在萨莉家的沙发或扶手椅上，坐在妮基位于阿特拉斯的公寓屋顶上，在各类工作场合的休息室中，在大学咖啡馆或餐厅里，扮演理性使者的角色。妮基喜欢说"历史证明了人性的彻底疯狂"之类的话，但我从没同意过她的观点，反而争辩道恰恰相反，历史所提供的恰好证明了人类的理性和明智，甚至是善意。这些讨论只停留在理论层面，有些泛泛而谈，或许还平庸乏味，但我坚信人类拥有足够的理性，这种信念使得生活更为轻松。它让我成为好人。成为完整的人。让我远离黑暗的鸿沟。Zomby Woof 在法辛爵士酒吧演出后的第二天，我恨不得给包括妮基在内的所有人打电话，承认他们的看法是对的。坐在去上班的地铁上（我在索尔纳一家教育出版社担任教科书编辑），望着周围一张张陌生的面孔，我第一次理解了那些混沌理论家所说的不可预测的变量集合，每个人的肌肤之下都隐约浮动着狂热和永恒的疯狂。我不得不承认，它一直都存在，只是我此前忽视了它。那一晚什么都没有发生——"发生"——但在我踏进房间的一瞬间，亚历杭德罗抬起头来，仿佛已经等待许久，几个小时后，我们相互告别，彼此都明白了什么，无须言明。亚历杭德罗母亲那边的亲戚都在索比堡灭绝营[1]遇害，父亲于一九七三年九月被关押在智利的国家体育场，和他一起的还有维克多·哈拉[2]。舞蹈来源于斯德哥尔摩的皇家芭蕾舞学院和一个英国舞团，但它其实一直

---

[1] 建于1942年，位于波兰的卢布林地区索比堡村附近，约二十五万犹太人在此遇害。
[2] 维克多·哈拉（Victor Jara, 1932—1973），智利歌手、诗人、导演、政治活动家，1973年军事政变后被关押于国家体育场，饱受折磨后被连开四十四枪射杀。2003年，该体育场改名为"维克多·哈拉体育场"以示纪念。

栖居在自己的身体之中，而他所倾诉的一切，和我分享的信息，我都珍藏在记忆之中，以便转述给萨莉和其他可能问及的朋友，或许也为了未来的我自己。但信息只是容器而已，远比不上那些细节，在次日清晨唤醒我，伴随着怦怦心跳，在克里斯蒂安身旁醒来，置身于我们的完美生活中，床头柜上放的是他读的大部头著作，全都带着组织或全球化之类的术语。那天晚上，我又回到萨莉家的沙发上。那是一张尚未被取走的沙发，陈旧但柔软，换上了一层全新的红色亚麻布，上面缀着完全不存在于现实世界之中的紫色花朵，它们只是花而已，只是人类对花的幻想，是艺术家面对自然的自由发挥——在仔细观察大自然后，选择创造出新的来替代已有的。我们喝着茶，吃着加芥末酱的奶酪三明治。"维克多·哈拉？"我点点头。"索比堡灭绝营？"我又点点头。"你们这三个小时都聊了些什么？"萨莉和我挨着坐在茶几边上。面前的盘子里放着《幸福》的电影录像带，我们还没打开塞进录像机。我们的电影之夜常常就像这样，光顾着聊天，碰也没碰一下录像带。我耸耸肩。老实说，我也不知道自己和亚历杭德罗都聊了些什么，我只知道他占据了我的内心，他起舞的姿态，那双在地板上灵活移动的红色跑鞋，他微笑时嘴角细纹形成的括弧，还有他说话的方式——一连串混杂的句子，衍生联想和各种问题糅杂，探入被克里斯蒂安视为离题而不屑一顾的领域。或许从现在起，一切会从这里开始。比起这些表面，这些信息，我只想沉溺于细节。我渴望更深入地了解亚历杭德罗，更深入地探索我们之间的可能，尽管我不知道会有何发现，但一想到他的双手解开脖颈后的马尾重新扎起的姿态，我就会感到一阵震颤，就好像那双手的存在本身便足以让我战栗，那双属于他的手，服从着大脑的指令，而他整个人鲜活而生动，在这个城市里不断游走，与我擦身而过，在某条街徘徊，或是待在自己的卧室里，他就存在于某个地方，一直以来都存在于某个地方，任何一个角落都可以去。我宁愿像曾经无数次做过的那样，播放电影，在沙发上蜷缩成一团昏昏睡去，在播放结尾演职员表时及时醒来，身上是萨莉为我盖好的毛毯。我感到恶心，燥热，体内仿佛经历了一番重造，五脏六腑都挪了位置，想法也变了。我和我自己——也就是所谓"自我"——的关系莫名地出现了松动的迹象，仿佛最微小的震颤都会让我的生命挣脱束缚，飞向太空。萨莉拿起录像带，兴味索然地扫过剧情介绍。"你们什么时候再见面？"她将录像带放回茶几上。"我不知道。"我答道。她笑了一下，端起托盘走进厨房，窸窸窣窣地忙活一阵，然后拿着刚加满水的茶壶回到客厅，接着蹲在录像机前，将带子塞了进去，起身退到沙发边，一手拿一只遥控器坐了下来。她按下快进键，飞快地跳过预告，然后在浮现片名的开头暂停，侧过脸看着我。"星期六。"我说。

我认识的每一个人，在回忆起千禧年前夕的那段时光时，都无一不感到尴尬，因为事后回想起来，那种兴奋感未免太不协调，毫无头脑，甚至愚蠢。那是一种集体性的冲动，像一场全人类的运动，而除了"时间的流逝"外，没有人能够以更深刻的方式推动它。这些数字让人感觉很奇妙，它们也的确很奇妙，但仅就数字本身而言。想必是因为那些零，还有对处在净化之火另一边的希望，又或是执着地相信，2000这么匀称和完美的数字一定有其深意，它的存在本身就是一场胜利，证明人类才是时间的主宰，而非时间的奴隶。人们写下清单，成千上万份清单记录了整个世纪，整个千年，或许这不失为一种囊括记忆的方式，但更重要的是为了摆脱记忆，似乎分类只要足够细致，过去的一切就会消失。早前，当我还是小女孩和少女的时候，新千年是一座属于悠远未来的闪烁灯塔，是一个由闪亮的数字二和三个神奇的零组成的地方，在那里我将成长为姿态笃定、坚持自我的女人。自二十世纪八十年代初以来，为了迎接新千禧年的来临，这些年里我和各种不同的人制订过五花八门的跨年计划：在德耶路的足球场和卡特琳娜还有阿奈特碰头；去勃兰登堡门见古米·菲尔；和劳拉以及三个我忘了名字的美国人流浪到科摩林角；当然，还有在科旺廉价酒吧和丹尼一起跨年。做出这些约定的时候，我不是被转瞬即逝的兴奋感驱使着，就是完全沉浸在对未来的殷切期盼之中,以一种傲慢的态度面对时间的流逝。当那一天最终到来时,我却无意出现在任何一个预定地点,我猜其他人也是如此——可能丹尼除外,我经常会在科旺附近碰到他,有时还会寒暄两句。大部分时间里,他似乎都处于微醺或宿醉的状态,赶上比赛日的话,他会戴一条绿白相间的围巾,跟我说阿富汗大麻和麦当劳巨无霸的通胀敏感度差不多。我们两个选择了不同的人生轨迹,但在这座城市中的轨迹却似乎重叠在一起。每次撞见对方,在我靠近腹腔神经丛的肠胃处,或是在我另一种生活可能会落脚的地方都会泛起轻微的不适,因为我意识到自己本可能会和他并肩而立,讨论起大麻价格和主场比赛的赛程。接着我看见他也用类似的怜悯看着我,看我渐渐磨平了棱角,干着一份勉强糊口的工作,无法拥有持久的恋爱关系,不断搬家,没有孩子。丹尼有三个孩子,是分别和三个女人生的,三个不同的"坏女人",但据我所知,他似乎并未参与任何形式的家庭生活,也没有从事任何形式的稳定工作。他每隔一段时间就会去看看小孩，手头宽裕的话，他会去罗斯基勒或是其他音乐节，感慨"生活真他妈爽"，新千年也没什么可担心的。"时间都在这儿装着呢"，他说完，伸出一根手指敲了敲自己的脑袋，"没什么好慌张的"。至于我，在新千年还很遥远的时候，我曾热切期盼它的到来，尚未拆开包装时这份礼物是如此美好，但随着时间的迫近，自己在未来将成为"成年人"的幻想显得越发荒谬可笑。我们或多或少都有过这种感觉：当事情发展到这一步，这份礼物已经不再是馈赠，而是我们生活中的另一天，一如其他日子一样来了又去。有些人的躁动则源自一种说法，全世界的计算机系统中将会出现一个错误，这一错误据说会造成巨大的破坏，营造出灾难将至的氛围。还有些人谈论着一场早已定下的外太空入侵，不过大多数人只想参加派对，一场长久深入而彻底的派对，他们想要参加这场派对中的派对，派对中的派对中的派对，想要日后能够向后代夸耀：Y2K 是一场狂野的派对，尽管这一描述和事实相去甚远，他们还是会说千禧年是一场多么狂野的派对。萨莉佩戴着一枚内嵌

"1900"的心形胸针,这是我见过的她唯一一枚写有口号的胸针,但不管怎么说,她开始尝试穿裙子了。电影结束了,我在放到一半时睡了过去,在演职人员名单滚动时又醒了过来,现在抱着一杯冷掉的茶,酝酿着如何对电影发表评论:本质是黑是红,时长是长是短,基调是高是低。按照计划,我们在新年前夜将会参加三场活动:一场包含晚餐的预热派对,一场午夜派对,以及一场余兴派对。"三场派对,三套服装。"萨莉说。我们将主持那场预热派对。她花好几天时间逛遍了城里的二手商店,并且收获颇丰,现在正向我这名观众一一展示。萨莉喜欢买衣服,衣柜里至少有几百件。有几个晚上,她不厌其烦地换来换去,导致我们最后没法出门,只好待在家里,要么是换装展示和玩猜字游戏,要么是换装展示和朗读(克里斯蒂娜·卢恩[①]的《狗的时光》,还有索尼娅·奥克松[②]的《家庭和平》),要么是换装展示

[①] 克里斯蒂娜·卢恩(Kristina Lugn,1948—2022),瑞典诗人、剧作家,作品主题多涉及孤独、死亡和中年危机等。
[②] 索尼娅·奥克松(Sonja Åkesson,1926—1977),瑞典诗人、散文家。

和喝酒。萨莉从未有过正式的关系，只有来来去去的情人，确切地说是来了没多久就被她轰走，而且大多数时候，他们还未开始就已经结束。她将恋爱视作游戏，至少她假装这是一场游戏，一出卧室闹剧，她会忘记那些男人的名字，嘲笑他们的殷勤示爱。从理论上来说，在未来的某个时刻，如果有合适的对象出现，她是有兴趣和别人分享自己的生活的。但当合适的对象似乎真的出现时——和她年龄相仿的未婚男性，性格讨喜，充满魅力——到了最后，她仍会以不合适为由果断拒绝。"挑剔"这个词或许可以用在她身上，但其实她的做法并不算挑剔，她没有任何歧视或挑挑拣拣的意思，也不是那种顾虑颇多的人，事实上，当对方搬进来后，在他小心翼翼地把自己的牙刷摆在盥洗台上的那一刻开门把人赶走也不是她的性格特质。相反，她缺失一种特质，如果信任算是一种特质的话，因为每次要与别人产生依恋关系时，萨莉的态度就会开始摇摆不定。她称之为"沦陷"，而我称之为"依恋"。我们的谈话就建立在这两个概念的差距之上；她对"沦陷"

的恐惧和我对"依恋"的倾向。她目前的恋人算是张安全牌。罗伯特即将返回特拉维夫[①]，继续在医学或化学领域深造（萨莉永远记不住是哪个），分手前可能还会给她发一两封饥渴难耐的电子邮件。我问萨莉打不打算去特拉维夫探望，她只是皱了皱眉头。毕竟，当你无法在体内感受到时，信任不过只是一个流于纸面的词语。一旦你对此有所体验，它就会生根发芽，和其他东西融合在一起，变成其他名字：约翰娜，海格斯腾，爸爸，阿特拉斯，法尔斯塔。对我来说，产生依恋有如留下文身，每一个细节都完整明晰地永远在场，所有我爱过的、喜欢过的人始终与我同在。我看着萨莉将试穿过的衣服挂回衣架，再将厚厚的一摞放进衣橱。她已经挑选好主打的三套和备用的三套。让自己沦陷。或许和恰当的衣服以及恰当的酒醉一样，要在恰当的时机遇到恰当的人，那一刻边界刚好被打破，让信任能在无法扎根之际迅速扎根，好似那颗坚不可摧的大理石蛋，

[①] 以色列第二大城市。

只要你在那个神奇的时刻予以一击,它就会轰然迸裂。

接着就到了周六,在瓦克斯霍尔姆的某个演出场地,从外面的露台可以一眼看见码头。那晚一共四个乐队,Zomby Woof 排在第二出场,刚好卡在九点前结束了演出。他穿过人群径直走到窗边我的桌前。我独自一人,清醒而警觉,仿佛这些时刻关系到我余生的走向。我试图达到比清醒更清醒的状态,整个人绝对紧绷,调动所有感官。我感到历史的虚无,不知自己从何而来,就好像二十世纪的三十年从未在我身上流逝过,而此刻却已接近尾声。几个小时后,我们站起身,彼此的触碰止步于此:他的食指曾一度轻轻拂过我的手背。不过是几毫米见方的肌肤,接触时间甚至还不到一秒,但在二十多年后的今天,我仍能想起他的触摸及其引起的激荡,我的血液在血管内汹涌,我的生命不再安于体内,而是溢出我的身体,黏附上周围的一切,先是跟随出租车,随后进入了他的公寓,在恩什贝里一个单人房里停留数小时之久,在摆放着一张床的角落,我们的笑声戛然而止，取而代之的是一股引力，它如此强烈，令我心生恐惧，因为它已无关快感，而是更加趋于本质，到达我内心的某个地方：我的童年，我的亲朋好友，事物之间的联系，一切都很稀缺，又触手可及。"欲望"一开始仅仅是"欲望"，直到我消失于其中，停留在那里。当我们心中不应去触及的地方彼此相交，欲望就会展现出截然不同的面貌，成为一种暂时性的魔法协议。它默许我在整个行为过程中展现真我，什么都不想，也无意模仿，就这样让我的生活再一次被摧毁于平静中。在这种状态下，当我悬在边缘之时，我是如此接近自己，而就在我的血肉中我发现了他的身影，内向如我也依然能发现他就在那里，仿佛我们一直在等待彼此，等待汗水和烈焰迅速将我们融为一体。

次日清晨，他早早起床，说要去城里"解决一些事情"，当我再次醒来时，他又已经回到我身边，我从梦境中溜走，甚至无缘目睹幻梦结束和白日开始的边界，对"我"的边界从何处开始也浑然不觉。如今回忆起亚历杭德罗，这些片段依然如故，他静静靠在枕头上,他的脸紧贴着我的,黑色眼眸仿佛一个冒号,使我专注并穿行其中。我曾不止一次在生活中感受过魔力,最常是在和他人邂逅之际。那其中蕴含着些什么,而且只存在于那里。我无法形容得更具体,我只能这么说,如果我们真要找什么,我们应该在对方身上寻觅,一方的眼睛就像进入某个地方的通道,又或是离开某个地方的出口。

"一个混乱的家伙。"一个星期还不到,萨莉就发出了这样的感慨,在说"混乱"这个词的时候,她伸出两根手指弯了弯。混乱,这一专属于青少年的特质,在我们某些人身上从未消失。放在今天,"混乱"或许会将他定位在医学光谱上的某一点,但这发生在千禧年到来之前的十月。萨莉帮我从奥尔斯塔的公寓里搬出去。克里斯蒂安将我最后的行李扔出窗口——先是一箱衣服,然后是衣架,一只接一只地飞下来。后来我反应过来,他试图用它们砸我,于是我退回墙边耐心等待,听到窗户被砰的一声关上才走出来。我把箱子挪进萨莉的阁楼工作室,拖了张床垫放在她的办公室里。"一个混乱的家伙",这并不是指毒品药瘾,而是指他来来去去的方式——他会在突然消失两天后,从另一座城市打来电话;会在赴约时要么严重迟到,要么一早就在约定地点等候,或者根本不出现。他的生活里没有规划,没有承诺,对未来毫无感知。他害怕"庸碌日常的恐怖主义",而我却无比依赖这种日常——那些被我们慎重度过的确切时光,还有为让扣人心弦的奇迹发生而制订的精密计划,这些都意味着我们从一开始就能完全预见故事的结局,像是一个设定好的前提条件。这个故事本身就注定了结束,就像季节的更替一样,我猜如火的激情也正来源于此。"我们的生活方式不同,仅此而已。"对于我们之间发生了什么的任何询问,我都会给出这一标准答案,尽管"生活方式不同"不过是客套话,而"仅此而已"是彻头彻尾的谎言。他是一个生活在有序世界里的混乱分子,过度活跃,被两极化所定义。我还会补充一句:"长远来看,我们的关系也不会持续很久的。"诚然,这一推断并非毫无根据,但或许它更是为了让自己好受一些。

萨莉的第一套新年派对礼服是一条镶了细金边的蓝色长裙，一侧大胆地开了衩，同样镶着金边，形成一个醒目的倒V字，连同萨莉那分明的锁骨和反复出现的张扬笑声，为即将到来的夜晚定下基调。萨莉的块头比我大，个子要高我一头，但我还是从她那里借了一条黑裙，她帮我改窄了腰身，穿上去堪称完美。经由她手的东西没有一样是不完美的。她将她的关怀延伸到世界上每一样具体的物件，无论我何时到达派对现场，都能立刻判断出她是否在场，因为她的鞋子总是整整齐齐地摆放在鞋架上或某个角落里，其他人的则乱七八糟地堆在一旁。她的双手和举止中蕴藏着一种内在的愉悦，一种对物件的温柔，而它们也仿佛在她的手上获得了生命。当她告诉我一个顾客送给她的气泡水机真的很丑时，她会刻意压低嗓门，生怕机器听见，由此难过，而当她把气泡水机放进橱柜时——里面已经有一台塑料咖啡机、一台微波炉以及其他造型丑陋的厨房用具——她始终如一的关切、有条不紊的专注让人联想到她修理家具以及打理父亲墓地的模样，带着一种对于具体生活每个细节的恒久敬意。晚宴是在她家举办的，十余位宾客围着客厅的一张长桌坐下，一旁的边桌上放着葡萄酒和起泡酒，人们站在风扇下或楼梯间的小露台上抽烟，主菜（烤三文鱼）上晚了，甜点（雪葩）只好被匆忙地吞咽下肚，因为我们急着前往下一个目的地。萨莉坐在厨房里抽小雪茄，一只脚架在料理台上，倒 V 字开衩展露出她的长腿。她正打算去卧室换衣服。她朝一扇打开的窗户吐出一口烟。"其实我对即将到来的十年只有三个愿望，"她说，"只是对我自己而言。"我比她更清醒，想趁离开之前将桌上的残羹剩饭和餐具收拾干净，碗碟堆进水槽，酒杯放在吧台，空瓶装进纸袋。我们带着这样的念想筹备晚宴，以为自己会永远记住餐桌边的每一张面孔，幻想着仅仅是这个场合就足以使共享的时光和对话刻骨铭心，但事后回想起来，我只能记得当时在场的一小部分人：萨莉旅居纽约的弟弟杰克，还有他的女朋友——晚餐时，她一直往我的方向投来意味深长的目光，更晚一点的时候还在南方剧院的舞池里试图吻我；萨莉的童年好友马库斯,当时已经是小有名气的导演,还有坐在他对面假装对此一无所知的保罗。整个二十世纪被我们抛在身后,一个未知的千年在面前徐徐展开,一道壮观的裂缝横亘其中,可我们仍然投身于琐事,沉溺于注定腐坏的情感。保罗问:"你叫什么名字来着?拉斯姆斯?"马库斯恼火地纠正了他,一个名叫安娜的记者插了一句"我知道你,我看过你拍的好多东西",然后开始向我们介绍一出"马库斯执导的"令人惊叹的戏剧,马库斯也纠正了她,没过多久,他便拿起手机开始寻觅另一场派对。"三个愿望,这是一份相当克制的愿望清单。"萨莉边说边有模有样地抽了一口,学别人用两根笔直的手指夹住雪茄。只有一年仅抽一两次的人才会如此讲究抽烟的姿势和仪态,带着一种展示性的潇洒。萨莉将雪茄扔进水槽,站起身,倒V字开衩贴着她的大腿紧紧闭合在一起,裙子再次变得纤长贴身。"和平。吻。生一个宝宝。这要求算多吗?"

亚历杭德罗是在前一晚动身的,他要前往拉丁美洲,"顺道在美国玩几个地方"。他提出想和我见上一面，我很清楚一切即将画上句点。我第一次失声痛哭，坐上去恩什贝里的出租车，并非是要挽留，而只是想看他一眼。我们站在大厅里，他一只手放在我胸口，另一只手贴在自己胸前。一切都结束了，我们甚至不需要用言语表达，不需要对"一起"和"分开"这两个词建立语义学上的秩序。我不用问他何时回来，也不必担心自己强势，而他也无须闪烁其词或违背承诺。结束将会和开始一样清晰明确。但他看了看时间，说："还差四个小时起飞，你还有时间回去拿护照。"我只能盯着他不放。"这话是什么意思？"他把手搭在我肩膀上，没有再说什么。那天晚上，我们在中央车站的中庭分道扬镳，我双手插兜慢慢走向通往瓦萨大街的出口。每一次我回头，他都站在原地看着我。或许是笃定我会一口回绝，他才这么问，用这种方式让结束变得明晰，让彼此心知肚明，或许这样对我们而言更容易承受。我们的关系如一次呼吸般短暂，但他其实从未离去，仿佛我身体里的某样东西始终缠绕着他，让他成为我未来所有动词崭新的变位形式。自那时起，所有我爱过或自认为爱过的人,都不得不接受在关系的最初阶段无可避免地被我放到天平的另一端,和他进行比较。我不得不大声清清嗓子来赶走这些念头,因为这些比较既不理性,也不公正,而结果永远无益于其他任何人。白日的自我在朋友和熟人的陪伴下能够将亚历杭德罗描述成"招惹是非的坏小子",但在深夜反复出现的一个梦中,他会敲开我公寓的门,问我是否一起,而我总是毫不犹豫地拿起外套随他而去。我甚至不曾回头看一眼。

萨莉换上了当晚的第二身行头:一条缀满亮片的黑色紧身裙,有着两条细细的肩带,从腋下延伸到膝盖,完美勾勒出她的身体曲线。就在换装的同时,楼下的出租车等得不耐烦,一溜烟开走了。收音机一整天都开着,每小时滚动播报来自地球某个刚刚进入零点的地方的资讯,千禧年轮番而至有种摄人魂魄的美:我们生活在一个不断自转的星球上,太阳从地平线上出现,升高,出现在新的地平线上,现在就快要轮到我们这里了。烹饪的时候,橄榄油不巧溅到了我的衣服上,于是萨莉借给我一条西装裤和一件黑色的纽扣衬衫。然后我骑着自行车载了她一程，在卡特琳娜·巴恩大街和东约塔大街上的雪堆之间穿行，之后我们一同步行爬了一小段山路，来到莫斯贝克广场，排进南方剧院外的短队。戏票是早在八月就买好的。杰克和贝丝在衣帽存放处旁的角落争执不休，安娜则在酒吧拥挤的人群里钻来钻去，长长的吧台上挂着闪烁的串灯。起泡酒是随门票附赠的。"老实说，我有点犯恶心。"萨莉边说边将酒瓶凑到唇边。我等着酒保递给我一个酒杯，但他迟迟没有动静。我环视整个酒吧，意识到每个人都拿着酒瓶自饮自酌，彼此不断擦身而过。距离十一点越来越近。杰克离开了一会儿，二十分钟后再次出现。其间，贝丝向我打听，她所听到的传闻是否真实，关于我和那个电视主持人曾约过会的事——"就是那个超正的电视主持"，我摇了摇头。过了一会儿，我说："她应该是在电台做主持吧，不是电视。"一听这话，贝丝立刻笑着说："我就知道，你肯定认识她！"DJ脱下衬衫，调高音量，对着麦克风高声呐喊。人们开始拥向户外的露台，想要提前占据一个好位置。其中一些人拿着便携式数码相机,以斯鲁森、老城,以及船桥码头上搭建起的闪烁舞台为背景,为自己或是对方拍照。此时已经可以听见烟花的爆裂声,到处都是人头涌动的景象,降至零度的气温凝固住白天飘落的雪花,放眼望去白茫茫一片。杰克正和安娜还有贝丝跳舞,萨莉走到露台上找我聊天。"在接下来诡异的几小时里,"她一边说,一边靠着栏杆向外看,"你们两个将会在同一个地球上,却身处不同的千年之中。"说完,她就着酒瓶喝了一口。"我也想到了。"我附和道。萨莉缓缓地点了点头。"也就是说,时间本身就是一种建构而已,"她继续说道,"一个愚蠢的庞然大物。"她扬起手中的酒瓶,冲天空一指,提高了嗓门。"都散了吧,"她大喊,"全都是谎话和欺骗,别无其他,该死!"有几个人侧过脸看了看她,但在喧嚣和音乐声中,没有人对此太过在意。"也许你得悠着点。"见她又一次拿起酒瓶凑到嘴边,我说了一句。我的酒瓶早就不知道放哪儿去了,也不打算去找。期待在户外跨年的人们从酒吧内纷纷往外拥。这堪称壮观的夜景——穹幕下的镶木地板和精心设计过的城市烟花，正是他们为此花钱的原因。如果千年虫真的来袭，或是发生其他无法预料的意外——比如宇宙决定大展神威，将我们吞噬，又或者2000这个数字本身承载着某个神秘讯息，那么位于南曼兰省北部边缘的这一角将成为目睹黑暗吞没一切的绝佳地点。我看见贝丝和其他人夹杂在人潮中，缓慢而艰难地朝这里靠近。马库斯和其他人则在露台的另一边。距离午夜还有十五分钟，烟花的爆裂声越来越频繁，卡特琳娜大街上的楼房背后也蹿出了几枚炫目的烟花，在半空中炸开。天很冷，我几乎要冻僵了。贝丝和杰克总算挤到我们面前。贝丝举起手中的酒瓶，萨莉也举起自己的酒瓶碰了碰，然后仰头喝了一大口。"这该死的千禧年可算来了。"人潮的涌动让我们彼此之间的距离越来越近。"是啊，我们总算可以忘记过去，继续向前了。"我说。萨莉笑了起来，仿佛我刚才开了个玩笑。"没有人不让你继续向前，"她说，"只是你永远都学不会忘记。"

我没有见到萨莉那晚的第三套裙子,因为午夜过后,我就离开了派对,回到萨莉家,戴着耳塞倒在床垫上睡了过去。那条裙子是红色的,弹性纤维质地,就在新世纪开始几个小时后,当萨莉在浴室里骑跨在一位海洋生物学家身上时,被撕扯得七零八落。那应该发生在一场余兴派对上,具体地点萨莉已经记不清了,反正是在北向的红线地铁沿线某站附近。留给她的只有手腕上一个用她的口红潦草写就的电话号码。当世界各地的午夜都已经结束,宿醉的地球带着狂欢后的满足迎来崭新的清晨之际,萨莉和我坐在餐桌喝着咖啡,吃着酸奶,我指了指她的手臂,率先开了口:"我有预感。"但她冲我挥了挥胳膊,于是我止住了话头。"我知道。我对一堆破事儿都有预感。"她说,"但我们得先这一人过好。这一天,这一餐。然后再说。"

进入千禧年的五个月后,我有了找寻亚历杭德罗的理由。在这个据说几十年以来最温暖的春天,我第一次搬进了独属于自己的公寓,一间位于古贝根的一居室,附带朝东的阳台,让我可以沐浴着阳光读晨报。才四月,稠李就已然绽放,花苞每年都会开裂,浓郁的香气弥漫城市的各片绿地,仿佛一阵顽固的痛楚;有机体悄无声息的圆满,既新鲜又熟悉;时光在此处放缓,拥有截然不同的内核。二月,萨莉和她的新恋人去了印度,只要去到有网吧的地方,她都会给我写一封漫长曲折的电邮。我每周的工作不超过三或四天,其余的时间里,我就在城市中漫步,坐在瓦萨公园的长椅上,回忆起某个夏日清晨妮基和我发现的那只死老鼠,尸身爬满密密麻麻的蛆虫,暴露在清冽的晨光之中。五月初的一个星期六,我敲开恩什贝里公寓的大门,但开门的女人并不认识名叫亚历杭德罗的人。她在国外旅居了一年,把公寓租了出去,而她的租客显然又进行了二次转租。等她回家的时候,公寓已经打扫一新,只有浴室里留下了一件衬衫和几只发圈。"你是说,你和他以前住在这儿?那个叫亚历杭德罗的?"她身后的门厅里贴着熟悉的淡蓝色墙纸,上面印有深蓝色的法国百合,木质地板上铺着破旧地毯,通往客厅的那扇门的门框被漆成了白色。"没有,我来过这里。我们在这里一起待过一阵。我想着或许他留了地址或者电话什么的。"对方摇了摇头。一个孩子在公寓里叫她,我道了谢,转身准备离开。"等等。"她说完快步走了进去,回来的时候手里拿着一只小塑料袋,里面装着一件白色的脏衬衫和三只红色的发圈,每个发圈上还缠着几根黑色的头发。"反正我也打算扔掉的。"她说。那天晚些时候,我找到位于耶夫勒大街的乐队排练地点,碰到了正在弹低音吉他的延斯。他的手指扫过琴颈,发出单调的乐音。角落里放着一张床垫和一个睡袋,台面上的锅里是干掉的剩面条。他顺着我的眼光望过去。"嗯,我就是这样过日子的。喝咖啡吗?"我点点头。延斯放下吉他,打开咖啡机,拿出一罐研磨好的咖啡粉。他告诉我,亚历杭德罗出国了,一连好几个月都不见踪影,尽管他们早已敲定好数场春季演出。"当然了,我们其他人还是上台表演了,但不是一回事。"他把两只杯子放在桌上,两手一摊,看着我。"老实说那简直就是场灾难。中场休息的时候,观众纷纷退场。主办方不得不取消最后几场演出。"延斯不清楚亚历杭德罗人在哪儿，也没有他的住址或是电话，"甚至连他的真实姓名都不知道。"他也没指望亚历杭德罗会再次出现。"有些人就是这样的，对吧？"他说，"从你的生活中呼啸而过。"说这番话的时候，他面向水槽，背朝着我。"真实姓名？"我重复了一句，"你说他的真实姓名，是什么意思？"延斯转过身来。"怎么说呢，我总有种感觉，亚历杭德罗是艺名，不是他的真实姓名。"咖啡煮好了，他把咖啡壶端了上来，我解开大衣纽扣，在餐桌边坐下。"好吧，"看到我的肚子后，他说，"我现在知道你为什么想要找他了。"咖啡的味道令人作呕，但聊天的时候，我还是喝了几口。延斯下周要跟另一个乐队外出巡演，他在手机通讯录里添加了我的号码，万一打听到亚历杭德罗的消息，他会第一时间和我联系。"那，祝你好运，"在我起身离开的时候他说，然后迅速挥了挥手，"你懂的，就是一切都能顺利。"

大概一年多以前，延斯给我打了电话。我几乎是下意识地强迫自己翻出 Zomby Woof 的唱片，有那么几秒钟，我站在客厅里，手里拿着那张闪闪发光的碟片不知道该怎么办,也找不到可以播放的设备。封面上,亚历杭德罗的黑白照片模糊不清,透着粗糙的颗粒感,一部分文字消失在他头发的黑色之中。无论封面设计还是专辑制作,他们都没有花太多心思。我能回忆起的是一段段漫长难耐的独奏,十分业余,没有丝"畅销"的迹象,我也想不到有谁会想把它寄到电台播放。Zomby Woof 是一个专注于现场的管弦乐队,他们演奏的并不是适合跟着流行电台哼唱的音乐,这张唱片不过是个副产品,是在乐队演出时可在酒吧或收银处购买的限时福利。时代变了,如今已不同往日,延斯告诉我。他打电话来是有急事,"他妈的十万火急"。我觉得电话里说也行,可他坚持要过来当面谈,因为这件事非常紧迫,他的原话是:"这个世界总算追上了 Zomby Woof 的步伐。"我脑海浮现出一个画面:他仿佛一名戴着圆框眼镜,满怀音乐热情的神职人员,坐在架子鼓一侧的低音提琴后面,比乐器整整矮了一个头。那天下午,他赶来告诉我,柏林一家电台已经开始播放他们的歌曲,"昼夜不停",并且这股风潮已经蔓延到德国的其他几家电台。他只能猜想这张遗忘许久的专辑的一张光碟是如何辗转到了柏林,而现在听众的兴趣"极其强烈",所以他在考虑巡演事宜。延斯坐在餐桌边,摆弄着我放在他面前的茶杯,他戴着一副方框眼镜,头发灰白,剪成现代风格的利落板寸,曾经那个手指修长、充满热情的贝斯手,如今只隐约留下了几分残影。我的两个已经十几岁大的孩子经过厨房,并没有引起他的注意。我们之间的桌面上,摆放着引发一系列躁动的原因:那张我找不到任何适配设备播放的唱片。"我们需要在 Spotify 上线。"他说。我仔细打量了那张面孔,意识到他说的绝不是玩笑话。"然后趁热打铁,在柏林还有其他一些地方的酒吧办几场演出,说不定还能办几场更大型的音乐会。"他说,乐队在荷兰和比利时也收获了不少粉丝,"没准还有日本。"延斯是一名音乐代课老师,对于这个千载难逢的契机,他和其他乐队成员都没打算拒绝。"你知道,现在的年轻人要古怪得多,他们是真的懂。"他问我是否看过网上流传的片段。"以前演出的片段。他们上传了从前的旧录像带，我们要翻红了。"这句话里有些词让我想要伸出一对手指围着它弯一弯，比如"翻红"，但我只是说，一有机会我就上网找来看。"那你还是不知道他人在哪儿吗？"我的胃里一阵针刺，腹腔神经丛周围隐隐作痛。我摇了摇头。"不知道。"延斯打量了一圈厨房，目光扫过墙壁和隔板，仿佛在寻找蛛丝马迹。"那你至少知道他是不是还活着吧？"我耸耸肩。"我不能说我知道。但我想我能感觉到。我是说，如果他死了的话，就是这儿。"我示意性地将手放在胸口正中。从延斯的脸上，我看出他所指的对象并非亚历杭德罗，确切地说，并不是作为我旧情人的亚历杭德罗，而是作为他希望最终能够赢利的音乐版权所有者。他们共同持有这些音乐的版权。"我感觉，如果他不在了，这事可能会有点麻烦。"延斯解释说，"无论从技术层面，还是从经济层面来说，你懂的。"他将手伸进外套口袋，打开手机上的YouTube，试图播放粉丝上传的演唱会片段，我凑近和他一起看着屏幕，但始终显示加载失败。我答应他，一旦有了亚历杭德罗的消息就会马上和他联络。"在Insta上关注我就行,那上面有我所有信息。"延斯说完,转身打算离开。就在这时,锁孔里传来钥匙转动的声响,进门的是我的大女儿。他俩一言不发地对视了一眼,延斯扭头看向我,挑了挑眉毛。我点了点头。那一头黑色的鬈发,那双眼睛,那两片嘴唇,那张柔软的面孔,不会有错。那天晚上,我查看了延斯的Instagram账户,其中大多数是对Zomby Woof回归的设想,包括他在配文里提到的"强势回归"。我点击其中一条链接,但因为手机版本太旧,访问遭到了拒绝。"没准还有日本。"我想,亚历杭德罗一定会对这句话嗤之以鼻。

Four

比尔吉特

Birgitte

我们的生活里经历着那么多的人生，在这些细碎的人生中，人来人往，朋友淡去，孩子长大，而我从未明白，哪一种人生才是生活框架本身。在陷入高烧或情爱时，疑惑散去，"自我"悄然退让，让位给一种无名的幸福感，一种所有细节完好无缺、无法分割又彼此分明的整体。事后，我总是将这种状态视为一种恩典。让人物以无序的状态进出，或许这是一种叙述一切的方法。不存在"开始"，也不存在"结束"，没有时间先后，只有那些片刻，以及在那些片刻所发生的一切。而既然现在我开始了写作，那么有一个人是我无论如何都无法回避的。比尔吉特。我曾经以为，只有置身森林深处，行走于高大的松树之间，或是沐浴着阳光独自坐在树桩之上，又或者站在岸边的岩石上长久凝望大海，我们才能拥有一种更为敏锐的对活着的感知。充分觉察的唯一方式，就是去发掘那些无声的元素。后来我才意识到，自己已然拥有一切，它们就隐藏在身边的细节之中，这纯粹是洞察力的问题，舍弃自己，让我的目光尽情向外延展，真正深入外部世界。那里存在着更敏锐的对活着的感知，就在对其他人的专注凝视之中。正是用这种专注的凝视对她进行观察之后，我对比尔吉特才逐渐有所了解。

十几岁时遭受的一次侵犯严重扰乱了她的精神发育，由此促成了她性格的内向孤僻，并且染上了浓重的焦虑色彩。在那一个小时里，她先是死去，然后重生为另一个人。这场无法理解的事件快速落入意识深处，与剩下的世界隔绝开来，被严密包裹，使她余生再无法触及。我不认为比尔吉特在清醒的时候曾经有意识地回顾过。她唯一一次谈及此事已经是三十年后了，并且只和一个人提过。我猜正是在这一过程中她才发现那已经不再是她仍记在心头的"事件",而更像是某种色彩,或是某种分形图案;甚至很难说是回忆,而更应该说是回忆涌现的源头,一道躲在她日常生活背后喘息的阴影。我想,单一事件大概就是这样对人造成影响的:经历本身被封存起来,但毒性完好无损,随后克制而缓慢地渗出。一如大多数人的共识,"杀不死你的使你更强大"这种说法的创造者,一定从未接触过强奸的受害者。

在事情发生之前,她就已经有了脆弱的一面——套用今天提出的脆弱-压力模型,同样的创伤性经历作用在不同对象身上,会呈现出相当不同的后果,这一点能帮助我更好地理解她。或许也能帮助她更好地理解自己。她是个小心谨慎的孩子。父亲去世时她还不到七岁。她父亲是阑尾炎手术后第二天突发并发症猝死的,救护车离去时,整个客厅被血和胃容物弄得一片狼藉。葬礼之后,再也没有人提及父亲。整个家庭(她有两个哥哥姐姐)进入了一个全新的阶段。根据我的假想,那应该是一种灰色的飘忽状态,一种沉闷且辛劳的生活,母亲原本是家庭主妇，为了维持生计，必须同时打两份工（在镇上的旅馆做清洁工，在养老院做护工）。孩子们过早承担起自己的责任，到十几岁的时候，他们开始利用周末和假期打零工，帮助母亲养家糊口。除了工作和休息外，她并没有时间做别的事。在当时大多数人的字典里，根本没有心理学、创伤、悲伤阶段这些词语，当比尔吉特在破晓时刻爬上姐姐的床，假装在睡梦中发出"父亲，父亲"的呓语时，姐姐会用手捂住她的嘴，直到她停止呼喊，睁开眼睛。扫墓都会安排在特定的日子，母亲会用一张薄薄的绣花手帕缠住手指，在泪水从眼角滑落之前及时拭去。在那些时刻，语言往往是多余的。很久以后，比尔吉特和我前往距离斯塔万格以南十几公里的公墓，找寻她父母的墓地（是我求她带我去的），那时她才不情愿地说起关于父亲的回忆——他厚实的大手，他的善良，以及他经营五金店的迂腐规矩。我们轻轻扫掉表面的积雪，在刻有他们姓名和生卒年月的墓碑前放下鲜花。然后她看着我，摇了摇头；即使到了现在，她也不愿意多说什么。总之，后来她母亲的一个熟人雇请比尔吉特当保姆的时候,她已经是一个沉默寡言的少女了。那家的男主人比约定的时间提早回家,孩子刚刚在小床上睡着。比尔吉特的裙子口袋里,放着四小时工作共计二十克朗的报酬。她脆弱而不设防,等待更多灾难发生,也提前为更多灾难的发生忧心忡忡,并且已经明白下一场灾难可能对她造成的影响。我能想象,当他背对着房门站定,在彼此目光交汇的刹那之前,她就已经预见到了这件事的发生。若干年后,我开始在斯德哥尔摩的一家精神病诊所上班,在那里碰到的一些人会让我想起比尔吉特。在结束了一天的轮岗后,我依然会陷入他们不得不臣服屈从的遭遇之中,久久无法自拔。他们的焦虑,如比尔吉特的焦虑,是一种挥之不去的紧张感,置身于一切的一切之中。那不是笑声,而是焦虑的笑声,焦虑的快乐,焦虑的散步,焦虑的说话方式。我非常熟悉比尔吉特的焦虑,因为它如影随形,徘徊在她进过的每一个房间里。和任何东西一样,随着时间的推移,它有所改变,但又没有改变。她是兄弟姐妹中最小的一个,也是最先离家独立，试图做自己的那个。或者说，尽可能地做自己，因为没过多久她就意识到，"做自己"是只留给幸运儿的特权，要想真正做"自己"，她只能依靠某个人或某样东西——一个男人、一个团体、一个清晰明确的系统。整个二十世纪六七十年代，她热衷政治，参与各种新兴运动，接受教育，尝试毒品，搭便车穿越欧洲大陆，在民谣摇滚乐队里自弹自唱，留一头及腰的黑色长发，穿柔和的紫色衣服。但在我看来，她的政治参与似乎并不真切，或许是因为我从未听她发表过深刻的剖析，只是说"这是一场极其愚蠢的战争"（关于越南战争）、"凭什么一切由他们说了算？"（关于美帝国主义）以及"臭气熏天，难闻死了"（关于环境问题）。总的来说，她是个随波逐流的人——倒不是因为她有多淡定或者需要讨好谁，而是因为她只能这样做。一种无法逃避的本能冲动，要去适应一切，这是他留给她的，那个雇请她照顾孩子的男人，在事后，摸索着扣上皮带将她送出门去。一分钟后，他打开大门，把她的外套扔了出来。去适应，去融入，甚至让自己消失其中，如若不然，她就会失去理智。时隔几十年，在斯德哥尔摩那家诊所里许多住院治疗的病患身上，我总隐约有种感觉：疯狂和崩溃是他们唯一的选择。比尔吉特能够去适应周围环境，而且她的适应程度高到可以说她的个性就是没有个性。出于这个原因，她很适应群体生活，也很享受七十年代初的氛围。她形容自己有种"如鱼得水"的自在。我暗想，应该是"如鱼得鱼群"吧。进入八十年代后，社会更崇尚成功，充满竞争，就变得没那么适合她了。比尔吉特绝对不是八十年代之后西方世界所推崇的那种"个体"。她性格中回避的成分越来越明显，在周围的人眼里，她大概显得很无趣乏味。或许她的确很无趣。我能想象，就算她出席过某场活动或某次会议，也很难给人留下印象。"这周五的派对，比尔吉特来了吗？"就算有人想起来问，也回想不出来。"昨天开会的时候，比尔吉特说什么了吗？"很难回答，很难记起。"那她人究竟在不在？"大家只能不置可否。随着社群的消失，人们退回自己的私人生活之中，比尔吉特滞留原地，既不能主动出击，也无法独立行事。她为融入社会和避免摩擦所做的努力，抹杀了她身上本应形成鲜明个性的部分，包括欲望、棱角和傲骨。取而代之的是如常的焦虑、战栗和肤浅：比尔吉特唯一能被他人看见的一面。

大多数担心自己会发疯的人最终都没有发疯。但在比尔吉特二十三岁那年，她经历了一次精神崩溃。那是六十年代末的十一月初，就在生我的那个星期天。她在马尔默综合医院开始分娩的几小时后，我的心脏停止了跳动。比尔吉特从护士的目光中看见了真实的关切和真切的担忧，她只能将此解读为另一场灾难降临的信号。产程拖了太久，我肯定卡在里面了。当时，我的爸爸正坐在走廊里的椅子上玩填字游戏。我完全能够想象那个情形：他穿着木拖鞋和牛仔裤，身上一件灯芯绒的西装外套，前襟别着FNL徽章①，留着鬓角，头发盖过后颈。看着医护人员来回奔忙，他还在试图弄清出了什么事。仅

---

① FNL，全称为 Front National de Libération du Sud Viêt Nam，越南南方民族战线。

仅过了三年，当我妹妹出生在斯德哥尔摩的南区医院时，他已经是产房里不可或缺的存在。我是被真空吸盘吸出来的。但等我躺在了比尔吉特的肚子上，涨红了脸厉声尖叫，好奇过她，又尿在她身上之后，她又变得遥不可及，缩回自己的身体里。她在产房里非常安静，没有片刻合眼，积蓄着疯狂，直到我们回到城堡大街的公寓才暴发，她的焦虑倍增，开始失控，陷入狂躁之中。推婴儿车外出散步时，要是她感到有人盯着她看，她就会对这个人大吼大叫；有时她会把卧室的窗帘拉得严严实实，在黑暗中一连哭上好几个小时，然后又若无其事地爬起来。爸爸习惯了用奶瓶冲泡奶粉，推着我外出散步，和我一起巧妙地引导她去到熟识的医生那里——医生的儿子以前和爸爸一起服过兵役，他会开些助眠药。医生叮嘱我们，重要的是保证充足的营养和睡眠，此外，规律作息，适量运动，家人朋友的关怀也会有所帮助。而且严格说来，我们只需要避免一点：当时提供的专业护理，也就是那些愿意收治她的"精神病院"，因为一旦住进去了，就很难再出来。

一次诊疗结束时,医生打了个手势,示意爸爸过去。当时我在门口的婴儿车里呼呼大睡,比尔吉特俯下身,替我整理着什么。医生小声说了句:"不应该让她和孩子单独待在一起。"我完全能够想象那两个男人是怎么看她的:她乱糟糟的头发,她红得刺眼的连衣裙和披肩,她的高筒冬靴,她肮脏的指甲,以及浓妆掩盖不住的不时抽搐的面容。毫无疑问,它们是濒临癫狂的迹象。比尔吉特就好像被扔进一个陌生国度,被迫穿上当地的传统服饰,每当翻看那时的照片(爸爸是摄影师,相机从不离手),我往往能根据她的目光、她的指甲、她的体态和服饰穿搭来确定拍摄日期。"啊,就是*那段日子*。"我的第一个冬天,当时我们尚未搬家,情况尚未好转。爸爸陪着我一躺就是几个小时,指尖在我鼻梁上来回游移,试图达到催眠的效果。我的小床就放在浴室外面,到了晚上,浴室被爸爸当作暗房,用来冲印照片。那时爸爸为一位颇有名气的摄影师担任助手,也因为对方,我们租到了这间公寓。比尔吉特没日没夜地昏睡,难得清醒的时候,我们会根据她的状态安排出行计划，大部分时间是散步或者去咖啡馆。后来她的病情有所好转，我们也开始打电话给认识的朋友，她会允许别人逗我、抱我，甚至带我离开房间一段时间。在爸爸的臂膀中，她渐渐学会了如何应对自己的焦虑。"应对"这个词或许不够准确，更合适的说法应该是"忍受"，或者"幸存"——她的身体仍然高度紧绷，始终警惕地观察着周遭环境，提防着任何可能发生的灾难：紧贴桌边的玻璃杯，桌上尚未入鞘的刀，烟灰缸里燃烧的香烟，他人花园树篱上的洞。在她未来的生命里，这个世界始终是一个充满危险的地方，对所有人都是如此，难以忍受，根本不适合人类生存。这里潜藏了太多不确定性，未来一切都可能出错，一切都可能会坠落、破碎、着火，事故的发生不过是时间问题：盗窃、车祸、洪水、高热、末日启示。焦虑的中心任务就是根据恐惧的指示向前奔跑，感知一切，绕过所有会导致意外的潜在可能，没有尽头，永不停止，直到和生命融为一体。童年时的我，有时会观察比尔吉特。当我们借了摩托艇驶去礁石群岛时，她会坐在一块平坦的岩石上，脸迎向太阳。我注意到，在再次抬头前，她每次闭眼的时间不会超过几秒钟，她总是眯着眼睛，迅速打量周围环境，那是一种不由自主的行为，仿佛受到某种内在的驱使。她从未享受过平静，这个世界中总是存在需要控制的局面，不然事态就会失去控制。每个患有焦虑症的人大概都受困于这一核心问题：从本质上说，生活是不受控的。

第一个冬天，她只崩溃过一次，很快又再次调整了过来。生活仍是一片战场，充斥着她内心的兵荒马乱，然而尖叫和癫狂却已经不见踪影，随之消失的还有她充满敌意的目光、永远无法松弛的脏兮兮的手指，以及骨子里总是让她警惕防备的偏执。我们搬去了斯德哥尔摩（爸爸在当地一家杂志社找到了工作），生活随即步入一个更为舒适的新阶段：日托、事业（比尔吉特是瑞典文学教师）、示威、聚会，以及哈加公园里的户外野餐和家庭游戏。对于那段时期拍摄的每一张照片，我都清楚地知道具体时间点：港口大道中央，我坐在婴儿车里，手里举着写有"和平!"的标语,比尔吉特推着车,素面朝天,穿着休闲裤,背着背包,冲镜头露出微笑,在想法相似的同伴中间显得轻松自在。"哦,那段日子啊。"我们住在索尔纳,先是在库克斯大街,后来搬去了雅各布斯贝里的奶奶家,接着在塞勒姆的一幢独栋住过一阵,然后去了海尔辛格大街,还在克鲁诺贝里公园对面找过房子,最后落脚在法尔斯塔,在那里我和妹妹总算在附近的日托等到了位置。我们参加各种聚会,讨论热火朝天,我爸爸无论见到谁都要强调自己的政治观点。哪怕到了凌晨,辩论进入白热化,爸爸始终都是稳居中心的人物。他从不沉默,也不能沉默,而且越到深夜,他就越是急于阐述自己的看法。他特别喜欢做的一点是,对所谓的流行论点进行反驳。每当我回忆起那个时期的父母,脑海中就会浮现出这样的画面:爸爸拿着脏兮兮的玉米烟斗靠在沙发上,自信而孤独地和多到大部分人无力应对的人群展开激辩,他应该是最认真、最专注的一个,洋溢着生命力和政治热情,然后才是背景里的比尔吉特,我要花上好一段时间才能发现她的身影,她彻底融入到背景中去了;比尔吉特从不会提高嗓门表达自己的观点,也不会出言反驳他人,更不会有勇气像爸爸那样,成为叛逆者中的叛逆者。她的发言通常是附和前一名发言者的意见,而且如果其他人的观点更有说服力,她乐意随时改变自己的想法。她总是小心翼翼地阐述,言辞充满了含糊与不确定之处,让人可以随意解读她的态度。总之,她不惜一切代价力求避免冒犯和冲突,这也意味着她并不喜欢爸爸总是在挑衅他人。派对一开始的时候,大人们在厨房里抽烟吃东西,我和妹妹躲在卧室里玩耍,桌上还摆着几瓶未开的红酒,此时爸爸的观点往往会成为派对的亮点。大家都知道,他头脑灵光,善于交际,肚子里装满了故事,还是位出色的摄影师。随着夜幕降临,屋内的烟味越来越浓,我们两个小孩或是趴在地板上,或是挤在床上翻看漫画,等到大人们开始喝金巴利酒和杜松子酒,空瓶子越来越多,语气也会越发激动。那个蓄着鬓角的摄影师,他是资产阶级的一员?到这个时间,我和妹妹很快就会相互依偎,在某张床上酣然入睡,知道一整晚比尔吉特都在偷偷留意我们。不多时,一些人就会聚在书橱边,高举双手,跟着留声机的音乐跳起舞来,爸爸则留在厨房里,面对持不同意识形态的对手那狂风暴雨般的争辩,坚持自己的看法。直至今天,只要谈起那段日子,爸爸一定会说,大多数人口头讲的、心里相信的,都愚蠢到毫无底线。他已经八十三岁了,无论从大局还是细节层面,都仍然坚持走左派路线("管它现在意味着什么"),在他看来,那个时期的主要变化和成功,并不在于所争论的那些问题或是他们自己,也不是政党政治,更无关阶级斗争,而在于人际关系,在于人们相互攀谈和交往的方式,在于一个不争的事实——他,一个做家政女工的单身母亲的儿子,可以跟建筑师的儿子和教师的女儿展开辩论,相互斥骂而不必道歉,他们可以平起平坐共享同一片天地。爸爸经常提醒我过去的种种:为了看医生,我的奶奶会穿上她最好的衣服;等电梯时,如果偶遇地位较高的邻居,她会选择走楼梯。爸爸特意指出,类似的行为在我或他看来是多么怪异。"这就是那个时代的遗产。"爸爸说,"一场真正的变革。"他的大多数老友,要么患有阿尔兹海默症,要么已经去世,但爸爸仍继续着对话,或是自言自语,或是对着六十岁的妻子倾诉。他订阅《泰晤士报》和《经济学人》,收听广播里的纪录片,并且保持读书的习惯。他现在住的是罗宁格一幢带小花园的独栋,感慨每天都是好日子。我们不再提起过比尔吉特,但有一点,只有在他面前,她才终于能够敞开心扉,在比尔吉特葬礼结束的几个星期后,他跟我谈起了她,告诉了我关于她的一切、她遭受的灾难,以及她托付给他的一切。距离他们离婚已经过去十五年了,他仍会为她的生命落泪,一个曾经鲜活却也支离破碎的生命。

关于焦虑的研究文章常常指出,从历史发展来看,焦虑的作用不可小觑,所以进化为人类天性的一部分。焦虑促使我们确保火苗已完全熄灭,孩子仍有呼吸;通过教育我们学会保护自己和他人,焦虑保障了我们的安全。这是一个简单的筛选机制:石器时代,焦虑地提防森林中那些掠食者的人们得以幸存,漫不经心地游走于树木之间的那些则会沦为猎物。现在活蹦乱跳的我们,正是我们焦虑的祖先的后代。在去往森林教堂墓园为比尔吉特扫墓的路上,我忍不住会想,如果没有焦虑,她的生活会是怎样,但这就像想象没有天气的日子那样困难。焦虑已经和她融为一体,这种生存机制成为她终生的盾牌和阻碍,一项不起眼的功能却主宰了命运。在她孤零零的坟冢前,冥冥之中,我能更加清晰地感知到那种焦虑,她无微不至的照料,她短暂急促的叹息,她不断哼唱无声旋律的方式,仿佛这曲调跟随心灵的温度变化而起伏。朋友们来家里玩的时候,我会假装她不存在。这样事情会简单一些。我的大多数同学都会这么做,因为不少人的父母都存在着这样或那样的古怪之处:有的妈妈大中午就醉醺醺地躺在沙发上;有的妈妈会莫名其妙地冲着客人大吼大叫;有的妈妈会因为微薄的薪水或难缠的孩子而游走在崩溃边缘,以不同方式爆发;有的妈妈在家长会上失声痛哭;有的妈妈衣着老土,浑身上下散发出一股怪味;有的爸爸会当众拉扯孩子头发；有的爸爸在外面另成了一个家；有的爸爸突然生病，然后在一学期内病重去世。按照当时的社会标准，这些状况都属于"正常"范围。在说到"正常"这个词的时候，爸爸会嘲讽地加以强调，表明自己的不屑。那应该是我们搬到马尔默后的第一个冬天，那段时间，比尔吉特远谈不上"正常"，这促使爸爸拥有了更为开放的视野。以那个时代而言，爸爸的思想是相当开明的，他会耸耸肩，俯下身，聆听我的想法，只在极少的情况下才会评论两句，而且从不谴责。青少年时期，我和妹妹只在他面前表现过叛逆，因为只有他是在场的：嘴里叼着烟斗，准备好讨论一切，既愿意去接受（关于双性恋和酒精），也准备好全力反对（关于大麻和旷课）。比尔吉特则在别处，藏在她内心某个角落，面对那双怯生生的眼睛，家里谁都不会忍心发火。她要么钻进卧室忙活自己的事，把纠纷和矛盾一股脑丢给爸爸，要么干脆上床看书。我还记得床头柜上那本米色封皮平装版的《爱自己》，后来她在书橱里辟出一块属于自己的区域，把它放了进去。爸爸最推崇的两位作家要数戈兰·图斯特罗姆和贡纳尔·埃凯洛夫,我一学会双音节发音,爸爸就让我读他们的书。他欣赏的其他作家和作品还包括:格雷厄姆·格林、海明威、斯坦贝克、埃温德·雍松、塞尔玛·拉格洛夫、摄影集、艾德·麦克班恩的两排书,以及他钟爱的斯文·林德奎斯特出版的大部分作品。他一读完《情人日记》[①]就迫不及待地递到我手中,由此唤醒了我对语言的全新认知。当时我才十几岁,头一天我俩还大吵一架,吵到邻居愤而捶墙,我当时对整个世界都充满了怒气,而第二天吃早餐时,一本书出现在我的面前——这本书还在我的书橱里,显然这是一次长期出借。对于爸爸来说,每天早晨都是一个全新的开始,他从不把情绪留过夜。他们共享的书橱凌乱无序,缺乏条理,直到有一天,比尔吉特腾出空间,划分出一块新区域,还从皇后大街一家名为水瓶座的店里买来一对阴阳书立,《爱自己》就是放入其中的第一本书。一个新的时代在书

[①] 斯文·林德奎斯特于1981年出版的作品。

橱上悄然而至，也在她体内生根发芽：这是一个由荣格、亚诺夫、弗洛姆、占星术、磁场、水晶石和塔罗牌定义的时代，理论之间互不相斥。她找人解梦，接受阿育吠陀推拿疗法，家庭晚餐时，她的盘子装满了尚未烹煮、磨得粉碎的根茎类蔬菜，她还花了一大笔钱，请人将一只连着弹簧的球悬在自己身体上方，同时让他向器官提问。显然，这些器官能够通过他手中悬着的吊球向他描述自己的不平衡状态。在厄兰岛度过的一整个周末，她身上都涂满了泥土和牛油果。她去日德兰岛跳了非洲舞，获得心灵的解放。她参加了一个色彩工作坊，此后的几个星期都只穿黄色的衣服。她请一位远道而来的灵修导师评估了自己的灵韵。她用一种中国产的粉末制作饮料，闻着一股干草味。她拜见各路灵媒，我早晨上学前，还会用手指在我额头上画圈圈。我从没产生过叫停她的念头。我是天蝎座，根据比尔吉特的说法，我的性格中不乏挑剔和沉闷的倾向，所以我有意无意地想要打破这一预言。比尔吉特有时会发表诸如"你的轮穴有欠平衡"或"周一有利于滋阴"的看法,但其他家庭成员都不予置评。她不再阅读报纸,因为新闻会破坏宝贵的晨间能量。在某个熟人举办的地下室降神会上,她任由一只"远道而来"的蜗牛在背上爬了几个小时,据说这种疗法能够清除体内的不明毒素。她会一连好几周都坚持断食,瑜伽清肠,用盐水冲洗鼻腔,要是我皮肤干了,还会用椰子油来涂我的手。"药店里卖的东西都有毒。"那段时间拍的照片都很容易确定日期。我们在英加洛岛上租了间小木屋,正值初秋时节,比尔吉特的头发打着卷儿,用海娜粉染成棕色,身穿一件带垫肩的麂皮夹克,戴着一条缀有阴阳象征的项链。阴阳标志似乎成了她的标配,不过关于它的意义,我从没听到过令人满意的解释。差不多在那十年之后,我将乘火车穿过苏联和蒙古前往北京。而在旅居东南亚①的八个月里,我只在专门招揽游客的小商品市场里见过阴阳标志。照片中的比尔吉特看起来有些贫血,因为之前的几周她都只吃水果。

---

① 此处或为作者笔误,实为"东亚"。

夏天已经接近尾声,我们即将告别英加洛岛上的小木屋。"哦,那段日子啊。"妹妹坐在照片正中的躺椅上,怀里抱着一把吉他。爸爸站在她身旁,手里拿着快门遥控器(照相机想必放在了窗台上),比尔吉特的目光飘忽而遥远,似乎在躲闪着什么。她大概已经开始为返家的旅程而焦虑:千万别落下东西,路上别出车祸,每个人都要系好安全带,每次都能找到停车位,别吃罚单。我出现在背景里,即将要走出画面,脚上是一双黑色的布面拖鞋,手里拿着厚重而破旧的平装本《天堂的冬季》。在描绘大自然时,但凡能达到乌尔夫·伦德尔[①]这样的深厚功力,就无须对这个世界再有任何其他责任。在那段时间里,比尔吉特很可能以"探求者"自居,或许她会坚称自己真的有所发现。我想,只要真的去寻找,只要整个过程建立在真心实意想要认识自我的愿望之上,只要在镜中那张熟悉的面孔之下认真搜寻过,大多数人迟早都会有所斩获。我见过许多的

[①] 乌尔夫·伦德尔(Ulf Rendell, 1949—),瑞典作家、诗人、歌手。《天堂的冬季》是他于1979年出版的作品。

"探求者",他们或许用过,也或许从未用这个词形容过自己,我也算其中之一吧,但到比尔吉特身上,我总怀疑这种探索不过是逃避的姿态,做做样子而已,不过是一种安于肤浅的全新形式。我所谓的"肤浅",并不是指"平庸",而更接近"无能"——被剥夺了坦诚的能力。一如其他极度焦虑的人,比尔吉特永远浮于表面,因执着于维持世界的原貌,时刻提防任何潜在的危险而精疲力竭。换言之,她的焦虑导致了她只能肤浅地活着,这么说或许也不过分,从这个角度来看,她是平庸的,无可救药地、不情愿地平庸活着。深入下去,意味着失去控制,放弃对时间和空间的持续监控,如此才能够真正撞见自己,爱上他人,一头扎进充满罅隙和裂缝的生活。我没记错的话,她应该和一位牧师探讨过这些话题。有一段时间,她频繁地与他——拉什-奥克见面。"我敢说,他绝对是一位真正的疗愈大师。"在比尔吉特看来,自己诸多信仰体系之间并不存在矛盾:上帝、耶稣和黄道十二宫;灵韵和水晶石;灵媒,石头和愈合泥。它们融为一体,而其中有用的就会发挥效用，这就是比尔吉特的立场。至于拉什-奥克对此持何种看法，我不得而知，但后来我们在比尔吉特葬礼前见过一面（应比尔吉特的要求，葬礼由他主持），他看着我，仿佛想说什么，却又不能。追思会上，在我发言结束后，他亲切地将手放在我的肩膀上，说："除了你的长相，"我点点头，已经猜到了他的后半句，"你和她一点也不像。"

结局？比预期要好，但还是很糟糕，她在短短几个月里饱受疾病折磨。当时因为焦虑发作，她服用了大量苯二氮䓬类药物，一到下午眼神就开始变得迷离，瞳孔来回游移，盯着床边墙纸的图案一看就是好几个小时。她的伴侣（彼得，她最后一个男人）一直握着她的手和她说话，却得不到任何回应，对此他似乎并不介意。在最后的几周时间里，语言是最先消失的，接着是视觉，基本上，她就是躺在那里，嘴里咕哝着什么，一听见我的声音，就会开始激动地挥手乱动。或许她想要说些什么。我坐在她的床边，想到世界文学史和电影史里出现过不少类似的场景：某人在生命最后的时刻，终于能够释然地袒露心迹，说出一些重要的话，说一句"原谅我"或是一些安慰的话语，而我所处的境况则很少有人予以描绘——感到一切都太晚了，有什么落了空，就连我们之间最后的空白，都难以解释或用语言形容。什么都没有发生，"原谅我"这三个字始终没说出口，有什么理由去说呢？应该由我还是由她来说呢？这些问题仍然无解。直到最后她的呼吸都是如此焦虑，而她的焦虑最后才离开她的身体。但不久之后，彼得去通知护士尘埃落定时，我能感觉到她飞快地从我身边掠过。这一切，你总算是解脱了，我心想。

早在二十世纪八十年代末，她就开始服用苯二氮䓬类药物。当时她刚离婚不久，饱受睡眠问题困扰，所以妹妹坚持要她去看医生。或许在这些抑制性的化学反应中，隐藏着比尔吉特寻找的答案。这些圆形的白色药片　开就是一盒，每盒有一百粒。后来在帮忙处理遗物，清理浴室柜子的时候我才发现，她找了好几个医生开药，甚至还去挪威搞了一些。我想象她在诊所里的样子,她脆弱的姿态和羞怯的眼神,说话间装作不经意地提起药品的名称,带着那种总是会让周围男性做出反应的恳求语气。她很清楚自己最要紧的需求,那就是确保能得到持久的保护,而她所遇到的大多数男人,都乐于在能力范围内提供一切帮助。离婚手续办妥后,她的身后很快出现了一堆男人——希望提供爱和呵护的男人,有单身的,刚分居的,还有已婚的,都是在她被闺蜜拉去的酒吧、餐馆或晚宴派对上结识的。比尔吉特已不再格外讨人喜欢了,但她仍然保有那种特质,能够激发男性帮助、支持、引导、理解的本能和冲动。我已经搬了出去,所以那段时间和她见面的机会并不多。但妹妹仍然住在家里,她告诉了我那些一大清早坐在厨房喝酸奶的男人,那些手捧鲜花,在傍晚时分按响门铃的男人。比尔吉特完全可以尽情挑选,然而她似乎不是这么做的。有些男人停留了一个月之久,另一些男人在夜幕降临后就不得不悻悻然离去,而他们送的鲜花还插在餐桌花瓶里。事后分析起来,只看这些追求者为博得她的好感而互相竞争，比尔吉特似乎占了上风，但他们的保护当然是有条件的。他们的善意隐含着条款。她的焦虑可以极尽疯狂、错乱、原始和神经质，但一旦跨出她所创造的圈子——由我、妹妹、爸爸和她自己组成的家庭，她必须设法将其驯服在正常范围内。让不稳定的内核拥有正常化的外表，是她终生奋斗的事业，这一辈子的艰苦挣扎，是让自己最终能被他人的爱触及的重要条款。开始服药之后，这一切变得简单起来，她不想停止，也不能停止。离婚一年后，她在一场晚宴上遇到了彼得。那晚，以及之后许许多多个夜晚，彼得都没有注意到她虹膜的异样，只是无法自拔地爱上了她。他们大多数的旅行都是前往大加那利岛度假，在当时的照片里，她冲着镜头露出灿烂笑容。他们好像有一只银色的小数码相机，有自动对焦和变焦功能，内置闪光灯，至于那些合影，应该是他们请路人帮忙拍摄的。他们或是坐在餐厅里，或是背对大海，站在沙滩上或悬崖边，这些照片是如此相似，让人把它们与数百张在似曾相识的场景拍摄的照片混淆，仿佛它们诞生于同一个阳光假日的美好幻想。比尔吉特的身形略显丰满，染过的头发被盘了起来。彼得通常以固定角度站在她身后，仿佛随时准备着迎接她的崩溃和突然失控。在她遇到的所有男人之中，他是最可靠的一个，经济独立，没有任何乱七八糟的嗜好，孩子已经成年，一头鬈发，发际线也没有退后的迹象。他们有过结婚的打算，但接着她遭遇了第一轮病发。焦虑绵延不绝，盒子里的白色小药丸在飞速消失，我去探望的时候，她绷直了身体坐在沙发里，不断地惊恐抽泣。那时距离千禧年还有六个月，她还不到五十五岁。彼得抚摸着她的后背，而她对此浑然不觉。"我们会好起来的。"他说。我很感激，他想和比尔吉特携手成为"我们"。我从没见过比尔吉特对彼得表现过任何激情，但在第二次，也是最后一次犯病前，她的确获得了几年的平静，因为他的呵护，因为那些白色小药丸的麻痹，总之她又一次幸存了下来。

我生下女儿（南部医院，产程持续十九个小时，萨莉负责剪断脐带）的第二天，比尔吉特和彼得赶来探望，婴儿被比尔吉特抱在怀里，很快就睡着了。彼得和我聊起他们沿西班牙的大西洋海岸线的旅行，她始终没有说话，只是一动不动地坐在那里，静静看着怀中熟睡的女孩。把她第一个孩子的第一个孩子抱在怀里，或许这之中存在着某种舒缓的成分，类似于一次喘息。或许它将末日稍微推向了更远的未来，她仿佛终于能够有所依附，敢于触及地面，在流逝的时间中留下印记。她和我的女儿真真正正相处过几年，但对于我的双胞胎儿子而言，比尔吉特只是一块墓碑和我卧室角落里的一张黑白照片。每到十一月，我们会买些户外蜡烛，前往森林教堂墓园，先是同萨莉以及她的几个孩子碰头（萨莉父亲的墓地和比尔吉特的墓地只隔了三百米），然后结伴在石碑中穿行，感受岁月在其朦胧的帷幕后从我们身边经过。对于逝者而言，时间顺序并不重要，重要的是细节，是密集程度，是什么以及怎么样，以及这其中所牵涉的人。年轻的时候，我总觉得自己应该去更多更远的地方旅行，在异国他乡消磨更多时光，只有处在移动中，我才算真真正正地活着。

但随着时间的推移,我才逐渐明白,我所寻找的一切就在这里,在我的内心,在周遭的事物之中,在我赖以为生的工作之中,在恒定不变的日常之中,在我目光为之驻留的人的双眼之中。高烧过后,我又一次开始写作,仿佛一道背负了期待的旧伤口被再次撕裂,汩汩流血,我想,那些群像,以及它们最终描绘的对象,或许只能拼凑成一幅不完整的拼图。萨莉会在某块墓地前停下脚步,拿出保温杯,向周围的墓碑致敬。"结局很快就会到来,"她将保温杯递给我,说道,"所以我们必须拼尽全力。"

图书在版编目（CIP）数据

唯余细节 /（瑞典）伊娅·根伯格著；王梦达译
. —— 海口：南海出版公司，2024.3
ISBN 978-7-5735-0606-1

Ⅰ.①唯… Ⅱ.①伊… ②王… Ⅲ.①中篇小说－瑞典－现代 Ⅳ.①I532.45

中国国家版本馆CIP数据核字(2023)第208808号

著作权合同登记号　图字：30-2023-098

唯余细节

〔瑞典〕伊娅·根伯格 著
王梦达 译

出　　版	南海出版公司　(0898)66568511
	海口市海秀中路51号星华大厦五楼　邮编 570206
发　　行	新经典发行有限公司
	电话(010)68423599　邮箱 editor@readinglife.com
经　　销	新华书店
责任编辑	侯明明
特邀编辑	肖思棋　崔倩倩　白　雪
营销编辑	郑博文　刘治禹
装帧设计	韩　笑
内文制作	田小波
责任印制	史广宜
印　　刷	河北鹏润印刷有限公司
开　　本	850毫米×1100毫米　1/32
印　　张	5.5
字　　数	74千
版　　次	2024年3月第1版
印　　次	2024年3月第1次印刷
书　　号	ISBN 978-7-5735-0606-1
定　　价	49.00元

版权所有，侵权必究
如有印装质量问题，请发邮件至 zhiliang@readinglife.com

DETALJERNA
Copyright © 2022 by Ia Genberg
Published by agreement with Salomonsson Agency,
through The Grayhawk Agency Ltd.
All rights reserved